U0074292

廖文毅◎著

排灣族
雙胞胎公主之謎

自序

幾年前在屏東縣教書，班上有幾位排灣族小朋友，被他（她）們渾厚的嗓音，天生的律動感，以及質樸樂觀的個性深深吸引，便起心動念想寫一部有關排灣族的小說。

每個族群都有悠久的傳說故事與歷史文化，但硬梆梆的故事是教科書給人的刻板印象，為求生動抒寫，加入小說特有的技巧，期望能讓讀者有耳目一新的感受。

這是一部充滿「衝突」與「和解」的小說。在衝突方面，小從個人內在的善惡觀念衝突，中到雙胞胎同臉不同個性的性格衝突，大到原住民與漢人之間的族群衝突，處處充滿引爆點；在和解方面，有個人棄惡從善的轉念小和解，有雙胞胎個性互補的中和解，有原住民與漢人聯姻的大和解，也時時展現融合的契機。所以「衝突」與「和解」，是每個人，每分每秒都在面對的人生課題，值得大家深思。

粗淺的文化認識不敢妄稱研究，不過加入神話、信仰、飲食、生活與愛情等因素，讓小說裡的各大元素活潑化，並透過古今對照與說故事的方式呈現，則是一項項挑戰，目的都是為小說增色添彩。

排灣族的文化對我來講充滿魅力，彷彿有一股無形的力量指引著我，希望透過小說，也同樣帶給您不一樣的魅力喔！

排灣族雙胞胎公主之謎

CONTENTS

劇情簡介

古代有一對貌美如花的排灣族雙胞胎姊妹花，瑪嘉公主與瑪娜公主，同時愛上年輕有為的漢人陳正文，善良的姊姊瑪嘉公主個性溫柔體貼，屢遭善妒的妹妹瑪娜公主陷害，在祖靈的保佑下，總能化險為夷，不過大武山的試煉，命中注定只有一個人能夠活下來，會是姊姊還是妹妹呢？

現代剛調任古樓國小的閩南人李子平老師，對排灣族文化充滿濃厚興趣，在參加同事王佳玲老師的家族祭祀時，無意中踏進祖孫兩代的雙胞胎姊妹世界裡，像得到一把穿越時空的鑰匙，開啟了許多不為人知的祕密。

排灣族地下大巫師暗黑婆婆的邪惡復仇計畫會成功嗎？筏律部落固以大頭目的惡意搶親最後搶到了誰？鬼頭軍師拉瓦告被逼成雙面間諜，他的下場又如何？

《古樓公主》的上、下兩冊，隱藏了什麼不為人知的祕密？李子平老師被兩代公主賦予的神聖使命，又該如何兌現呢？

面對種族衝突，你的愛情如何做抉擇？面對善惡交鋒，你的良知如何被昇華？《古樓公主》這部攸關臺灣原住民與漢人的愛情小說，在命運之神的安排下，為您一一揭開神祕的面紗。

人物介紹

李子平：現代閩南人，家住高雄市，外表憨厚老實，為人負責認真，有時候卻有些小迷糊。喜歡打坐，擁有強烈的第六感，但是不善於運動，是位只會讀書的書呆子。

王佳玲：現代排灣古樓部落公主，雙胞胎姊姊，又叫「飛雅斯」，象徵擁有月亮神一樣的溫柔與包容。個性沈靜，溫柔善良，在古樓國小裡擔任音樂老師。

王佳琳：現代排灣古樓部落公主，雙胞胎妹妹，又叫「啾谷」，象徵擁有太陽神一般的熱情與活力。個性活潑，熱愛運動，在古樓國小裡擔任體育老師。

陳正文：古代閩南泉州人氏，先祖舉家來台後，在南台灣定居。個性堅忍不拔，擁有深厚的醫藥知識與紮實的拳腳功夫，擔任漢人保安隊小隊長。

瑪嘉公主：古代排灣古樓部落公主，雙胞胎姊姊，個性溫柔體貼，待人和善，是位人見人愛的善良公主。

瑪娜公主：古代排灣古樓部落公主，雙胞胎妹妹，個性心高氣傲，為人苛薄，是位人見人怕的刁蠻公主。

阿歷伏大頭目：古代排灣族古樓部落大頭目，個性剛烈，嫉惡如仇，是位好頭目，行事卻有些魯莽。

固以大頭目：古代排灣筏律部落大頭目，個性陰險，做事不擇手段，耳根子輕，被慫恿到古樓部落搶親。

拉瓦告：個子矮小，尖嘴猴腮，三角眼，但口若懸河，是固以大頭目倚靠的重要參謀。

暗黑婆婆：昔日曾是排灣族裡的貴族階級，因為暗自修煉黑暗魔法而被族人放逐，導致日後的偏差行為，一心只想復仇。是瑪娜公主的地下師父。

一、古樓雙姝

（祭祀大典上）

優美的歌聲，如灰面鷲乘著落山風般遠颺，海闊天空任翱翔；勁疾的戰舞，如千軍萬馬化為潮水般湧來，震天撼地扣心弦。

鼎沸的人聲，喧鬧的場景，為這原本平靜安寂的小部落，注入一股強悍堅韌的生命力！

這，就是古樓（古老老）村（位於屏東縣來義鄉）五年舉行一次的「人神盟約祭」，一個充滿神祕巫術、原始活力和傳統聖禮的祭祀大典。

傳說排灣族的祖先曾經到天界向女神學習祭典儀式，以祈求作物豐收，百姓安居樂業，其中最重要的學習項目是農作物的種植方式與頭目婚禮的隆重儀式。

後來他們與女神相互約定，在一段時間內以燃燒小米粳為標記，請女神親自降臨人間，接受人類誠摯的獻祭。由於隆重祭典每五年舉行一次，所以又稱為「五年祭」。

五年祭通常一連舉行好多天，一連串的慶典活動全由部落裡德高望重的大祭師主持，全體居民都不分彼此，齊心努力，盛裝參與大會，場面浩大而莊嚴，是排灣族世代傳承的重點文化之一。

（古樓國小裡）

「排灣族有三寶，青銅刀、古陶壺和琉璃珠，這三者都是排灣貴族階級視為無上珍貴的家傳寶物……」

子平老師一個人在教室外面的走廊上來回踱步，喃喃自語，有時專注不動時，又好像一尊立體的雕像。

「子平老師，聽說你最近在搜集及研究有關排灣族的資料，是不是？」

甜美可人的聲音如春天的黃鸝鳥啼聲般悅耳，深深地磁吸住子平老師的耳朵，讓僵立良久的雕像復活了！

子平老師回眸驚鴻一瞥，原來是學校的音樂老師王佳玲老師，這位臉部輪廓深邃立體，雙眸燦爛靈動，長髮柔順飄逸，總是笑臉迎人的排灣族溫柔女老師。

「喔！是佳玲老師，妳好。」

子平老師喜出望外，好像意外拾獲寶貝一般。

「不好意思，剛才是不是嚇到你了？」

佳玲老師故意俏皮地問。

「喔……沒有啦！喔……老實說是有一點點啦！喔……也可以說沒有啦！」

子平老師開始局促不安，不知所云。

「嘻～那到底有沒有呢？」

佳玲老師又故意追問。

「噢？哈……哈……我到底在說什麼？不好意思，最近忙昏了頭！對了，妳剛才說什麼呢？」

子平老師緊張的神情，莫名其妙的回答，令佳玲老師啼笑皆非！

為免失禮，佳玲老師趕緊收回笑意，正色道：「我是說，聽說你最近在搜集及研究有關排灣族的資料，是不是？」

「喔～對，對，對，沒錯！沒錯！」

「那……」

「那……喔！那妳是想看那些資料，是不是，來，我馬上找給妳！」

子平老師緊張的七手八腳，左翻右抽，恨不得馬上變身章魚，長出八隻手來，不過看他的樣子，兩隻手都已經快打結了，若真的生出八隻手來，那還得了，非捲成繩索不可！

「你……你先別忙，我不是要看那些資料。喔！不，我是說，我要看那些資料。喔！也不，我的意思是，我可不可以等一下再看那些資料呢？」

佳玲老師被子平老師緊張的神情一感染，發覺自己竟然也「語無倫次」起來，兩人一見到對方蒼皇失措的窘態，不禁同時都笑了出來。

「對……不起，我……我太緊張了，我……我跟女孩子，尤其像妳這麼漂亮的女孩子講話，會……會臉紅，講話會……會結巴的！」

「你不用緊張，我是想問你，如果你對我們排灣族有興趣的話，今晚我家有祭典儀式，你想不想來看一看呢？」

「啊？原來是邀請我去參加祭典儀式，而不是要借我的資料看，哈～哈～我一緊張，倒會錯意了，不好意思！不好意思！」

「對，反正我們在辦公室的座位相連，資料我可以日後慢慢再看，那你還沒有回答我……要不要去呢？」

「啊！對了，妳看，我又忘了，真是糊塗！去～去～這千載難逢的好機會，我哪有不去的道理呢？那就萬事拜託了！」

「不用客氣，那我們今天晚上見了，拜～拜～」

「拜……拜……」

佳玲老師說完，嫣然一笑，輕甩秀髮，迴過香肩，轉動窈窕身段，身影隨即飄然而逝……

「她那甜美的笑意，恰似春日的朝陽；溫柔的表情，彷彿天使的微笑；尤其那雙靈動雙眸，就像月桃葉上的初生朝露，晶瑩閃耀，深深地嵌入我的腦海之中，泛起水波盪漾，是那麼燦爛，那麼迷人，令人發出一陣陣讚嘆：巧笑倩兮，美目盼兮（詩經），真是太美了……」

子平老師沈浸在自己詩一般的幻想裡。

「啊！對了，我忘了問她今天晚上幾點見？在哪裏見呢？喂……佳玲老師……等等我呀……」

迷糊又可愛的子平老師折騰了好一陣子後，突然想到而大叫不妙，喊叫聲隨著落山風飄向遠方，隨之呼呼刮起的旋風，好像是一群人在輕輕竊笑，笑這子平老師，果然是一個不折不扣的「大呆瓜」！

子平老師，姓李，高雄市人，祖先在明朝末年渡海來台，是不折不扣的閩南人。去年剛調到古樓國小擔任教職，外表憨厚老實，為人認真進取，心思反應敏捷，辦事效率又高；但有時候卻有些小迷糊，發作起來，好像會突然少根筋似的，常會「擺烏龍」，愈幫愈忙，弄得大家啼笑皆非。

所以他常自我解嘲地說：「我應該多準備幾包烏龍麵，到烏龍國小（位於屏東縣新園鄉烏龍村）教書，當然囉，烏龍老師，可千萬別教出一大群烏龍學生才好哩！」

佳玲老師，漢族姓王，排灣族名叫「飛雅斯」，象徵擁有月亮一樣的溫柔與包容，是屏東縣來義鄉古樓村當地人，擁有正統排灣族血統，出生於頭目家庭，目前在古樓國小擔任音樂老師。

佳玲老師有一雙烏溜溜、水汪汪的明眸大眼，留一襲烏亮亮、柔順順的飄逸長髮，溫柔的個性中，帶有一股母性光輝的堅韌；嫻淑的外表下，藏有一顆明潔無瑕的心，是位討人喜歡，好相處的女老師。

等子平老師放下手邊豐富的資料，再追出教室時，佳玲老師的窈窕身影早已經消失在冷冷的空氣裡。

順著長廊走出教室建築，穿過阿柏勒黃花垂簾的小花圃，訝異地發現佳玲老師已經不再洋裝秀麗，換好了一身運動服，展現出健美的好身材，一個人在操場上慢跑，子平老師看得有些臉紅心跳，硬著頭皮小跑步跟上去。

「對不起，我忘了……」

「啊？我聽不清楚……」

佳玲老師緩緩拔下熱門音樂刺耳的耳機，發現子平老師已經氣喘噓噓地陪她跑了一整圈，親切地微笑以對。

「喔！是子平老師，你是來陪我跑步的，是不是？」

「嗯，是啦，不過我還沒有問妳今天晚上幾點到妳家見面？」

「噢?!你在約我嗎？」

「嗯，妳忘了嗎，我是要參加妳們家的祭典，歡迎嗎？」

「當然歡迎囉！全校的老師都說你最近在研究排灣族文化，是不是？」

「是呀！因為剛調到這裡服務，本來就對台灣原住民族群裡的神話與傳說故事有濃厚的興趣，如今有機會來到排灣族的傳統部落，我怎麼可能錯過呢？」

「好樣，我欣賞！祭典晚上六點鐘開始，晚上見囉！」

「好，晚上見……」

看著佳玲老師的背影愈離愈遠，子平老師喘得連思考的能力都喪失了，邊整理心思邊想，佳玲老師允文允武，實在太厲害了！

「子平老師，你在發什麼呆？」

隔壁班的胖胖學年主任宋老師喚醒愛做白日夢的子平老師，子平老師如大夢初醒，平常不容易受到驚嚇的他，這次還真的嚇了一跳！

「噢，是宋老師，您好！我可以請問你一下嗎？佳玲老師好像很會跑步的樣子，又是音樂老師，能動能靜，猴塞雷（好厲害）呢！」

「你是說剛才在操場晨跑的女老師嗎？她不是教音樂課的佳玲老師，而是她的雙胞胎妹妹，教體育課的佳琳老師！」

「啊?!」

子平老師的腦中嗡嗡作響，到校前曾聽說古樓國小裡有一對美麗的雙胞胎姊妹花老師，想不到今天全給撞見了。

「……她們兩人長得一模一樣，姊姊飛雅斯比較文靜，像月亮一樣溫柔；妹妹啾谷比較愛運動，像太陽一樣活潑，都是平易近人的好同事，也總是以笑臉迎人，不用說當老婆，如果能當上女朋友，那簡直比中樂透還強呢……」

宋老師的喃喃自語子平老師恍若未聞，但一想到自己搞錯對象了，心想今天的烏龍事件晚上不知道要如何發酵呢？

（佳玲、佳琳老師家裡）

莊嚴的氣氛，神祕的儀式，熱情的款待，再再都讓子平老師有種回家的感覺，也讓子平老師開了眼界，眼睛溜溜忙不停地看，手中刷刷忙不停地寫，口裡也聲聲忙不停地問，就這樣飽覽一晚祭典儀式，比飽食一頓豐盛的海陸大餐還值回票價！

暫時待在佳玲與佳琳老師家裡，子平老師呆呆地望著案牘上一個特殊的箱子出神，它是由一塊木頭挖空製成，開口處有麻繩編成細網，網口再綴附小藤環，並以繩索貫穿其間紮束起來，成為一口內用與外出兩相宜的實用箱子。

木頭外觀刻有許多圖案，是由人頭紋與百步蛇紋組成，尤其百步蛇紋是以圓圈形周繞二圈，細看之下有一尾栩栩如生的百步蛇盤踞其上，有頭有尾，煞是嚇人！

百步蛇紋內圈則是由豹牙圍成一個圓圈，像太陽形狀，中間則以黑色珠子固定居中，由於白底黑珠，像極了人的眼珠子，彷彿炯炯有神地瞪視著你！

箱子旁邊吊有二個小布娃娃，一男一女，穿著華麗的傳統服飾，可愛極了，完全不像方才圖紋震懾人心，卻有一股誘人的魅力。

子平老師忍不住把臉貼近去瞧，突然聽到門外有腳步聲，跑進來兩個小娃兒，也穿得跟布娃娃一樣的衣服，子平老師覺得有趣，兩人一前一後追追躲躲，玩得開心極了。

子平老師面帶微笑地看著他們，卻完全聽不懂他們在說什麼，但依稀中好像聽到他們彼此叫著對方的名字，小男生叫「路娃」，小女生叫「鳩舞」。

小男生躲在他的腳邊，用食指擋住嘴巴，示意子平老師不要說話；小女生找不到，就笑呵呵跑到屋外去了。

小男生一直盯著子平老師看，子平老師也盯著小男生看，兩人都面帶微笑，似乎是前生見過的老朋友似的。

小男生發現小女生走遠了，正想追出去，跑到一半，突然停下腳步，神祕地從口袋中掏出一樣東西，轉身遞給子平老師。

子平老師不疑有它，反射地伸手去接，發現是一顆美麗而古樸的紅色琉璃珠，上面有排列整齊的太陽紋圖案，彷彿發出熾烈的紅熱光芒，有熱度卻不燙手，正想謝謝他，卻發現小男生轉眼間就不見了！

此刻門口正好佳玲與佳琳老師同時走了進來，好一對標緻的女孩，彷彿美麗仙女從天而降，子平老師看傻了眼，順手將古琉璃珠放入口袋，並向她們尋問那是誰家的小孩？

兩人頓時一臉迷惑，因為她們從外面走進來時，根本沒有看到有小孩子從門口跑出去！

子平老師心有疑惑，卻又不知從何說起，雙眼不自覺又盯著案牘上的木箱子。

佳玲老師見狀，笑著對他說，那是她奶奶的祈禱箱，本來是一個巫術盒，是從一位前輩巫師的手裡得到的，由於邪氣太重，才將它改裝成祈禱箱，也是今天法會的主角，奶奶託她保管好，她因為太忙碌而忘了收。

「巫術盒，祈禱箱，那是做什麼用的？裡面又裝有什麼呢？」子平老師好奇地問。

「聽奶奶說，這個巫術盒從前是一個法力高超的巫師所擁有。以前的巫師作法都會使用巫術盒，這是他們法力的來源。這個巫術盒比較特別，因為它的主人所修煉的是一種人人畏懼的黑暗法術，所以裡面裝有小刀、小孩骨頭、豬脂、相思樹葉、各色珠子等，而外面又刻有一個木雕人偶，就是用來驅喚小靈（小孩子靈魂）的道具。」佳玲老師細細解釋。

「奶奶覺得太過陰森，也太過詭異，就把人骨置換成豬骨，木像替換成布娃娃，希望這樣做能讓迷失的小靈與偉大的祖靈互相冥合，成為護佑一方的善靈，而不是危害部落的惡靈了！」佳琳老師補充說明。

聽到佳玲與佳琳老師的詳細解說，子平老師瞠目結舌，原來排灣族也有這麼神奇的巫術，今天真是大開眼界。

待主要儀式停歇後，子平老師心想打擾甚久，有點過意不去，正想找藉口離開，順便整理一下已經書寫得密密麻麻的資料，於是開口說話。

「佳玲、佳琳老師，今天非常感謝大家不把我當成外人，不僅讓我欣賞到平常不對外公開的神祕儀式，還這樣熱情款待我，實在千恩萬謝在心中，不知如何來表達，在這裡向大家致上十二萬分謝意，謝謝大家，特別要向妳奶奶致謝，麻煩妳幫我轉達謝意，我看時間也不早了，就此告辭吧！」

子平老師向佳玲與佳琳老師的家人深深一鞠躬，告別前還特地請佳琳老師幫他向今晚的儀式主持人，也就是她已經八十多歲的老奶奶致謝。

老奶奶聽後，十分高興，笑嘻嘻地朝著佳玲與佳琳老師說了一些話，兩人也嘻嘻笑地當起翻譯。

「我奶奶說，祖靈剛才顯示很滿意今晚的儀式，奶奶也覺得跟你十分投緣，問你要不要留下來用晚餐，順便聽她老人家說一段過去發生在排灣族的陳年往事呢？」佳玲老師收起笑意正色說。

「啊?!老奶奶要講故事給我聽，實在求之不得，況且又有晚餐可以吃，我當然願意留下來！不過講的是關於什麼樣的故事呢？」子平老師著急地問。

「說到吃你就答應了吧！你先別急，邊吃邊聽，保證不會令你失望的。」佳琳老師故意調皮地說。

祭典完畢，滿桌的供品就成了現成的豐盛晚宴料理。

有烤得兩面金黃的石板烤山豬肉，是先將山豬肉用鹽水泡過，再放在石板上烤，利用石板間接受熱的原理，不讓食物直接接觸到炭火，使得食物能保有原始風味，滋味鮮美，咬勁十足。而炭火則以實心無煙的龍眼木或相思木當燃料，肉的鮮嫩加上木料的煙燻味，果然別具一番滋味。

排灣族的傳統食物，也是祭典才吃的到的，還有用小米飯包五花肉，再以甘蔗葉包裹的「吉那富」；有以甜餡包進小米粉糰，揉成湯圓形狀的「比拿倫」；有以糯米加花生粉，用香蕉葉包裹的「初路可」；有以高粱粉加入山豬後腿肉，包以香蕉葉，用月桃莖當繩子的「金伯樂」；有以芋頭粉加絞肉，灌到豬腸後再烤的「伊拿比浪」；有以糯米粉先蒸熟，再搗成糰狀的「阿拜」等等，都是平日難得一嚐的山地美食。

其他還有小米飯、小米粥、烘芋、煮甘藷、糯米糕、小米糕、炒野菜、樹豆排骨湯等等，琳瑯滿目，彷彿一個個出色的演員，正向子平老師賣弄絕佳的演技，看得比別人多兩顆眼睛的「四眼田雞」子平老師眼花撩亂，也吃得他齒頰留香，讚不絕口。

席間佳玲與佳琳老師拚命地幫子平老師夾菜，在兩大美女老師的左右夾擊下，老實又可愛的子平老師鼓著腮幫子，像極了嘴裡塞滿香蕉的台灣獼猴，滑稽的動作逗得大伙兒笑到鬧肚子疼！

老奶奶爽朗的笑聲讓子平老師印象深刻，歲月雖然在她的臉頰上爬滿皺紋，卻有一種說不出的神采。炯炯的雙眸，深邃的臉部輪廓，在舉手投足間散發出一種難以言喻的高貴氣質。

此時老奶奶已卸下祭典服飾，改穿一般家常服裝，依然神采飛揚，風韻猶存，看得子平老師迷醉了，心想老奶奶年輕時一定是位長相與氣質都不輸佳玲與佳琳老師的美人胚子。

老奶奶不經意順了順早已飛白的雲絲，露出了排灣族女性特有的「紋手」，手背上佈滿山川大地、太陽和人形等複雜圖案，彷彿在無聲地訴說老奶奶充滿蒼桑的一生。

就這樣，子平老師打消了馬上回家的念頭，在用膳的同時，想透過佳玲與佳琳老師的即時翻譯，聽聽這位排灣族的老奶奶，訴說出過往一段令人心酸、神傷的淒美愛情故事……

*

很久很久以前，記不得多少年前了，排灣族古樓部落有一對雙胞胎姊妹，姊姊叫瑪嘉，妹妹叫瑪娜，兩人長相幾乎完全相同，好像從同一個模子印出來似的，有時候甚至連親生父母親都認不出來。

不過她們長相雖然相同，個性卻完全不同。姊姊溫柔體貼，待人和善；妹妹心高氣傲，為人苛薄。

從小到大，從父母親友所得的愛，總是妹妹爭得比較多，也養成驕縱蠻橫的態度，凡事都要爭第一，搶到手，特別是姊姊的東西。

很快的，兩人都已經滿十八歲了，也長得一樣標緻，亭亭玉立，就好像兩朵春天剛盛開的杜鵑花般明艷動人，自有不少蜜蜂、蝴蝶爭相一親芳澤，所以是全部落，甚至其他部落年輕英俊小伙子們爭相追求的對象，羨煞古樓同族的其他年紀相若的女孩子們，「古老老（古樓）綻放兩朵花」的美名不逕而走。

妹妹個性開放，男朋友是一個接一個，又一個換一個，有時索性假姊姊之名始亂終棄，常為姊姊惹來不少不必要麻煩。

但溫柔可人的姊姊始終呵護著任性妄為的妹妹，無怨無悔，就像大地之母愛她的子民一樣，也像森林涵育萬物一般。而姊姊反而一直沒交男朋友，因為她在等待，等待魂牽夢縈的夢幻勇士到來。

那時山地人和平地人衝突激烈，時戰時和，這一陣子又開始騷動不安，為了小糾紛，再度大動干戈，雙方劍拔弩張，一觸即發。

當時平地人首領陳阿福登高一呼，率領多隊人馬備妥裝備，在官府的暗中資助下，兵分多路攻入山區。山地人臨陣大亂，一時不敵，紛紛避走深山野林。

姊姊瑪嘉與妹妹瑪娜一塊兒逃亡，後來不幸失散了。

姊姊逃到深山裡一處瀑布旁邊，望著一襲白潔如絹的流水傾瀉而下，湧起圈圈泡沫，泛起層層漣漪，加上附近水氣繚繞，氤氳出一彎光影迷濛的七色彩虹，景色美極了！

瑪嘉踏入這個隔天絕地的桃花源，不禁忘了自己是逃命而來的，反而因美景當前而留連忘返。

足下不經意邁開小碎步，朝潭邊走了過去。

遍地開滿色彩繽紛的各色花朵，互相爭奇鬥艷，蝴蝶蹁躚起舞，蜜蜂嗡嗡疾馳，小鳥枝頭高歌，草木一片崢嶸，將這美麗的瀑布多上了好幾道彩妝。

瑪嘉正陶醉其中，怡然自得時，突然聽見前方樹林內有「沙沙」之聲由遠而近傳來，一驚之下回過神來，才回想起自己正在逃命，立刻伏低身體，伏臥在百花綠草之間，花美人更美。

一位青年男子，二十來歲，英姿颯爽，但面容憔悴，原來亮麗齊整的制服已被尖枝利草割得支離破碎，滿臉泥沙，風塵僕僕地顛了過來，腳步踉蹌，彷彿隨時都有不支倒地之虞，顯然受了重傷！

不過從其剛毅的神情裡，俊俏的外表下，依然顯露出一副不願向命運低頭的神態；但終因傷勢過重，不支倒地後，又往前爬了幾步，終於氣衰力竭，暈倒在前方。

這一幕全讓瑪嘉親眼撞見了，嚇得她花容失色！

她知道，眼前這位年輕人，一定是漢人中的年輕將官，因為與山地人作戰激烈，如今身受重傷逃到這裡來，也一定是想拖命到潭邊喝水，現在卻不幸倒地不起，命在旦夕，我，應不應該救他呢？

瑪嘉沒有考慮太久，因為她相信，不管是山地的原住民，還是平地的漢人，甚至其他人種，只要是人，本性都應該是善良的，大家為何要你爭我奪，相互爭鬥殘害呢？瑪嘉一打定主意，奮不顧身奔了過去，山地人與平地人的宿怨，就從自己開始率先來化解吧！

有了這種堅強的信念，瑪嘉立刻勇氣倍增，上前攙扶起這位年輕漢人將官，一步一腳印，一印一顛跛，好不容易挨到潭邊，輕輕把他放下，再用大片樹葉盛水慢慢餵給他喝。

眼見這位漢人將官傷勢嚴重，瑪嘉便去採了一些九芎葉，臨時找不到搗藥工具，就直接放入櫻桃小嘴裡，用自己的牙齒細細碾碎，再為其覆蓋外傷傷口。又摘來一些海金沙的嫩葉，也以牙齒碾碎，緩緩餵其吞下，以治療內傷。

接著想到祭祀後分到了幾個「吉那富」，出門時順手將它拽入懷裡，於是取了出來，細細打開層層包裹的植物葉，取出小米與肉塊混煮的排灣族美食，慢慢一小口一小口的餵食。

等忙完一陣子，但見天色已晚，於是將他藏身獵人臨時搭建的小工寮，也夠遮風避雨及掩藏行蹤，待隔日再取一些食物、飲水與藥草來為其醫治。

就這樣，在瑪嘉細心的照料下，在這與世隔絕的小天地裡，年輕漢人將官的身體也漸漸康復起來。

清醒以後，漢人將官發現救他的人，竟然是漢人社會傳聞裡只會吃人肉，喝人血，毫無文化水平的山地人，內心訝異非常！

他這才發覺，原來漢人所謂的「肅敵聖戰」，說穿了，也只是騙人濫殺異族無辜生命的藉口罷了！

兩人相處數日，感情也在不知不覺中滋長，但他們這種突破禁忌的愛情，真的會被世人接受嗎？如果真的被接受，會不會又生起另一些風波呢？

這位年輕的漢人將官，姓陳名正文，閩南泉州人氏，先祖舉家來台後，在台灣南端定居下來。

由於當時蕃漢不合，他基於愛鄉衛民的情操，加入了護鄉衛民的保安隊，立志保護這些已有文明根基的漢人，趨走或屠殺其他野蠻、殘忍，甚至沒有人性的蕃民。

當時他所接觸的訊息，全是有關於山地人的負面的資料，如出獵人頭、茹毛飲血等，因此在升上小隊長以後，自動申請加入此次剿蕃衛鄉之戰。

不過事與願違，他原本認定的這些野蠻、沒人性的山地人，恨不得殺光的對象，竟然會他的救命恩人！

瑪嘉，就像溫柔和熙的春天陽光，融化了陳正文原本暴戾冷峻的寒冬冰霜。就在瑪嘉這種柔情而無微不至的照料之下，陳正文漸漸恢復了昔日的飛揚神采。

兩人活像一對戀愛中的情侶，陳正文在瀑布旁研究草藥，瑪嘉公主則以藥草救活了不少森林小動物，所以只要他們兩人一出現，森林裡的動物們都會不怕生的圍攏過來，一幅人與動物和樂融融的精美圖畫。

一日清晨，兩人攜手漫步池邊，此時百花盛開，加上水氣繚繞，有一種霧裡看花的迷濛之美，人彷彿走在潑墨式的古典水墨畫裡。

突然看到一對老夫妻亦攜手走了過來，皆穿著山地傳統服飾，不過款式並非誇張的艷麗色澤，而是一種古樸華美的基調，由各條單色絲線混紡而成，像螢光般閃閃發亮，彼此融合出彩虹般的神采，是連出身頭目家的瑪嘉公主都沒見過的高貴布料。

老爺爺雙目炯炯有神地跟正文討論藥草學，語言雖然不通，溝通上卻一點也沒有問題，彷彿一種來自心靈深處的契合，一點就通，正文詫異的說不出話來。

老婆婆則教瑪嘉編織技術，不管什麼花草、細藤、枝條等物件，一經老婆婆的手裡，都像活出了自己的生命光輝，立刻變成精巧無比的日常居家用品，簡直神乎其技，看得瑪嘉心神蕩漾，佩服不已。

時光荏苒，匆匆流逝，不知不覺中太陽已然偏西，時間到了黃昏。

老夫妻見時候不早，連袂告別而去，臨走前分贈二人特別的見面禮。陳正文得到一顆紅色的琉璃珠，上面佈滿太陽紋圖案；瑪嘉得到一顆白色的琉璃珠，上面佈滿月亮圖案，都是罕見的稀世珍寶。

兩人正要向老夫妻們道謝時，卻發現他們倆轉眼就消失在瀑布旁的森林裡！

於是兩人就將琉璃珠做成項鍊，掛在胸前，一方面當護身符，二方面當作他倆愛情的最佳見證。

多日相處以後，澈底改變了正文對山地人的負面印象，山地人也是人，也有他們自己專屬特有的傳統文化，只是表現方式不同罷了。

兩人芥蒂全消，繼而如影隨形，倩影不離地出現在這美麗的森林旁，瀑布邊，共譜一段不為人知的曠世戀曲……

*

「對，就是這裡，我看到瑪嘉公主和一位漢狗將官出現在這裡！」

「噓，大家別出聲，緩緩逼近，非活捉他不可！」

陳正文正在採集藥草敷療傷口，通曉醫術的他，發現這裡簡直就是藥草天堂，什麼珍藥奇草幾乎遍地都是，還有許多不知名，連見都沒見過的，正想拔幾株下來好好研究，突然發覺身後竟然無端出現了五、六位山地人，各個手持彎刀，面目猙獰，「魯魯魯」不知道說些什麼，居然朝他同時攻了過來！

陳正文自幼學過拳術，武功根底又好，五、六個人也不是他的對手，使出拿手好戲「空手奪白刃」，打得那幾位山地人東倒西歪，瞠目結舌，摔躺一旁。

陳正文正想突圍而出，速報瑪嘉異狀，哪知其餘黨之中已有一人以刀架住瑪嘉脖子走了過來！

陳正文見大勢已去，若自己蠢動妄為，瑪嘉可能性命難保，索性高舉雙手，作出投降模樣！

一時古樓部落人員雜沓，人聲鼎沸，熱鬧非凡！

此刻是夜幕低垂之時，火把初升之際，全部落勇士及成員都圍攏過來，陳正文被繩索死死綁在一座高台的木樁上，台下戰鼓聲如雷灌耳，撼天動地，好像要將地面掀跳起來，並夾雜死神風一般的呵呵冷笑。

由於瑪嘉的身份特殊，是古樓部落的公主，因此並未被綁了起來，但窩藏敵犯依然有罪，也被帶了過來，只差是個自由之身，未上繩索受縛。

「燒死他！燒死他！燒死他！」

「為死去的族人報仇！」

「燒死他！燒死他！燒死他！」

一時群情激憤，殺伐聲四起，眾人口徑一致，要燒死這位「漢狗將官」，為死去的族人報仇。

「大頭目來了！大頭目來了！」

古樓部落裡以勇悍聞名的大頭目阿歷伏，猶如一輛數噸重的坦克車開在碎石子上，發出肝撕膽破的碎裂聲，神態陰沈，面色凝重，山豬牙項圈在他的胸口垂盪，隱約從裸裎的胸膛上露出刺身的祖先人像紋，那是大頭目才有的特徵。

頭冠上的熊鷹羽毛在強風中折腰，他身後跟著兩位長得一模一樣的年輕女孩，是他的雙胞胎妹妹，同樣美若天仙的瑪嘉和瑪娜公主。

兩位公主頭上纏繞著百步蛇紋路的頭巾，前額點綴著純白的百合花、高佻的熊鷹羽毛和如新月狀的豹牙，身上穿著貴族才有的華麗服飾，上衣、披肩與長褲，都有色澤鮮麗，圖案繁複的刺繡圖紋，外加一件豹皮背心，高貴而典雅。

肩飾、胸飾與背飾則用綴珠法將一粒粒單色小型琉璃珠串縫綴織成一片圖案，再縫於衣服適當位置，形成有層次感的美麗配件，明艷而動人。裙襬上垂掛小珠子、小銅鈴或小銀片的流蘇霞帔，邁開步伐時，美麗的波紋閃動，像一顆顆清亮而美妙的小音符。最特別的是手腕與手臂處都刺有美麗的紋身，有太陽紋與波形紋，是部落裡特有的圖騰。二位公主佇立眾人當前，雖然月色晦暗，依然難掩出色儀態。

阿歷伏大頭目佇足後，銅眼睥睨，激射出一股凜冽寒意，彷彿將陳正文臉上反射火把的熱紅光化為白冷光，令人汗毛直豎，冷汗直流，眾聲頓時戛然而止，四周一片清寂，只剩下微弱稀疏的蟲聲唧唧，輝映著天上已經半露臉的寒星點點！

「要不要燒死他？」

阿歷伏大頭目發出獅吼般怒語，四方轟然響應，「燒死他」之聲此起彼落，不絕於耳，他早有意趁機燒死眼前這名「漢狗將官」，以消除前些日子以來戰事挫敗的恥辱，更可趁機激勵士氣，一舉兩得，因此故意煽動群眾情緒，以便名正言順地達成目的。

「瑪嘉，就由妳來點火！」

大頭目哥哥瞪著燃燒中的雙眼，彷彿二顆著火的珠子，在夜幕裡閃耀死神光芒，狠望著妹妹，希望由救他的人來收回他的性命，這樣天經地義，死後靈魂才不會冤魂不散，為害族人。

「我……」

瑪嘉公主顫抖著聲音，她不敢置信，眼前這位已是自己摯愛之人，也是託付下半輩子的郎君，如今竟然要自己親自動手殺他，心中百感交集，遲遲無法下手。

但又轉念一想，自己再不設法救他，恐怕這下子陳正文真的惡運難逃了！

「好，我來點！」

瑪嘉公主咬緊牙關，做最後一搏。

「不過，在燒死他之前，我可不可以講幾句話？」

「行，別說大哥一意孤行，這可是妳自己選擇的，以後別怪我，妳說吧！」

阿歷伏大頭目見大事已成定局，一口答應，並藉機卸責。

「根據族規規定……」

瑪嘉公主故意提高嗓音，大聲宣說出來。

「所有獵人都必須遵守狩獵規則，凡首先獲得獵物者，獵物自然歸他所有，是不是？」

「沒錯，族規確實有此一條！」

「好，那眼前這條漢狗，是我捉到的獵物，也是我救活的獵物，那就屬於我的私有財產，至於我要不要燒死他，自然只有我有這個權利，對不對？」

瑪嘉公主故意將陳正文說成獵物，用族規來牽制眾人，特別是不懷好意的大頭目哥哥。

「啊……」

阿歷伏大頭目被妹妹這突來的一問愣得無言以對，若真的將漢狗當成獵物，那的確除了瑪嘉公主本人以外，就真的沒有其他人能夠燒死他了！

不過，阿歷伏大頭目對漢人恨之入骨，哪能如此輕易放過這次天賜的復仇良機！

「對，獵物若妳所獲，自然歸妳所有。不過，妳也別忘了，族規也有規定，假如這獵物發生糾紛，或太過貴重，便須另一人出來作證，才能判定是妳的，妳如何證明這獵物是妳單獨獲得的？」

大頭目哥哥不愧奸詐狡猾，同樣搬出族規來反制妹妹。

「啊……」

瑪嘉公主好像從天堂跌入地獄，想不到大哥竟使出最後狠招，沒錯，當獵物有糾紛，或太過貴重時，聲稱所有人就必須有人為之證明，否則空口說白話，不足採信，將被判定充公，那陳正文還是難逃一死，問題是現場除了自己不願意他死以外，還會有人肯為他出來作證嗎？

瑪嘉公主陷入絕望深淵，心想蕃漢仇隙太深，非一己之力所能撼動，她一時天真的想法，現在反而害了正文，正悲痛欲絕，也醞釀想以死殉情於他時，豈知突然有人大喊……

「我可以作證！」

瑪嘉公主一聽，像垂死病人打了一劑強心針，也像迷途船隻看到導航燈塔，不禁訝異地回頭一看，這適時回應的救命恩人，不是別人，正是自己的雙胞胎妹妹——瑪娜公主！

「這條漢狗是我和姊姊一起逮到，救活的，獵物歸我倆平分共有，誰也不許動他半根汗毛！」

瑪娜公主盛氣凌人，群眾看到平日作威作福的她一現身，倒讓原以為有好戲一場的人當頭給澆了一盆冷水！

「好，既然瑪娜願意出面作證，大頭目裁決，獵物歸瑪嘉及瑪娜兩位公主平分共有，要殺要剮，悉聽尊便，大伙兒散了！」

阿歷伏大頭目見以凶悍出名的妹妹瑪娜公主出面力挺姊姊瑪嘉公主，知道要再糾纏下去，必定沒完沒了，當機立斷，一聲令下，大伙兒才意猶未盡，心不甘、情不願地離開現場。

「瑪娜，謝謝妳！」

瑪嘉公主眼眶充滿淚水，著實感激妹妹這突來的情義相挺，紅著眼，抹著淚，低著頭，正要說出心中無限謝意時，稍稍抬頭一看，哪知瑪娜公主早已跑到陳正文受縛處，為這位人中之龍，長相俊俏的陳正文鬆綁獻殷勤！

瑪娜公主當然不是出於好心才救人，而是看到陳正文實在長得太帥了，特別是在山地部族之中難得一見，竟一時入迷，心想不如先救下來，再設法占有。

於是兩姊妹七手八腳才救下正文，他一臉茫然，平時內心雪亮，不容易因外在黑暗環境而受影響的陳正文，也被眼前這兩位長得一模一樣的大美人給嚇呆住了！

*

「這位正文先生，就是那樣老實，有時連誰是姊姊，誰是妹妹，都傻傻分不清楚呢！」

佳玲與佳琳老師的老奶奶說到這裡，笑不攏嘴地有感而發。

*

就這樣，兩姊妹同時愛上同一人。

而陳正文當然喜歡溫柔體貼的姊姊瑪嘉，但妹妹瑪娜為了討好正文，以便日後獨占，也假裝溫柔體貼起來，使得原本要遭逢惡運，被死神提早召喚的陳正文，一下子否極泰來，倒享起齊人之福來。

一個月後，正文傷勢好轉，起居生活也逐漸融入當地。

山地人發覺，原來平地人也不是個個像凶神惡煞一樣，也漸漸接受了他。整個部落表面上看起來一片平靜，但私底下，佔有慾極強的瑪娜公主，正醞釀用可怕的歹計害姊姊，以便獨佔正文所有的愛！

這天夜晚，冷風依舊嗖嗖，森林裡一片寂寥，偶有幾聲詭異的鳥叫聲傳來，讓人不自覺起了雞皮疙瘩。

頭頂上一輪淡月高掛天際，映照出森林中暗影幢幢，氣氛更是驚悚！此刻地面上出現了一條女子的窈窕黑影，穿梭在濃密的樹叢間，頂著慘淡月色，投入恐怖森林的懷抱。

在這種寒冷的天氣，幽暗森林的夜晚，有誰願意捨棄舒暖被窩，不畏風寒，外出拋頭露面呢？若不是為了某種目的，是不會有人想做這種傻事的。

突然，驚起數隻棲鳥，在迷濛的夜色中掀起小騷動。

幾隻夜鴞趁機「嗚嗚」地叫，順道展翅捕捉小米田裡肥美的小老鼠。

在這孤寂的夜裡，一個孤獨的身影，躡手躡腳地走到一間林中僻靜小屋前，朝一個古銅色的破舊門板叩叩叩三聲，二急一緩，以為暗號，輕輕推門而入。

首先映入眼簾的，竟是各式鬼怪面具及動物木乃伊，而隨之刺入鼻腔內的，是一股令人作嘔的屍臭味。

只聽到一個蒼老淒厲的問候聲傳來。

「瑪娜，是妳嗎？」

「是我，暗黑婆婆！」

原來那名黑夜中匆匆急行的女子，正是瑪娜公主；而眼前這位暗黑婆婆，就是在排灣族裡不被正式承認的地下大巫師。

瑪娜小時候在一次偶遇中認識她，從此與巫術結下不解之緣。她現在學習這種見不得人的巫術，目的只有一個，就是要害死親姊姊，以獨占陳正文，當然，這是在排灣族中是只有她們師徒兩人才知道的祕密。

隔天一早，瑪娜公主又來糾纏陳正文，正文分辨不出兩人的長相，卻發現個性炯異，因此問瑪娜公主：「瑪娜，妳姊姊瑪嘉怎麼沒來？」

「她呀！可能是對祖靈不夠尊敬，或是得罪了惡靈，正在生一場大病呢！」

「啊！瑪嘉生病了，快帶我去看看！」

瑪娜公主拗不過剛毅果決的正文請求，才心不甘，情不願地帶她來見姊姊瑪嘉公主。

陳正文就近床緣一看，原本風華絕代，溫柔可人的瑪嘉公主，才數日未見，突然像洩了氣的皮球一樣消瘦單薄！

陳正文為她診了脈，又翻動她那連闔起來都沒力氣，形如死魚的雙眼，嚇了一大跳，斷定瑪嘉公主所得的，正是傳說中可怕的絕命熱症，病狀忽冷忽熱，冷時，蓋再多被子也凍得發抖；熱時，跳入冷泉也渾身發燙，好像瘧疾一樣，只是肚腹腫脹如鼓，無藥可救！

陳正文仔細想過所有可能的醫治方法，也試過所有拿的到的藥草，瑪嘉公主的病情不僅沒有好轉，反而日益沈重！

看著瑪嘉公主頸上的月形紋琉璃珠項鍊色調逐漸暗淡，彷彿預告主人生命即將走到盡頭。

陳正文心灰意冷，踩著搖搖欲墜的蹣跚步伐，一個人無神地漫遊，不知何故，竟然來到他與瑪嘉公主初相識的瀑布旁邊。

已經數日未曾闔眼的他，精神有些恍惚，忽然看到眼前一片光影燦爛的景象，有一對臉上洋溢幸福神采的男女，正在潭邊輕聲細語，一會兒捉蝴蝶張臂追舞，一會兒手牽手漫步湖畔，淒冷的風、雲，冰涼的木、石，這些原屬無情的自然景物，彷彿瞬間都變得有情了，一同為他倆的堅貞愛情撫掌喝采！

陳正文看得出神，腳下一個踉蹌，四肢軟攤，一伏而下，再也爬不起來了！

「咳……！咳……！咳……！」

陳正文發覺全身冰涼，不自主地起了一陣哆嗦，嘴內奇苦無比，忍不住又吐了幾口，原來在他倒臥之時，張嘴正好吃到一小株潭邊雜草。

「咦……？」

陳正文大吃一驚！

「這……這是什麼草藥呢？我怎麼從來都沒嚐過？」

陳正文瞪大了雙眼，立刻回過神來，就近拔起一株，仔細端詳，卻忍不住哈哈大笑起來……

「哈～哈～我還以為是什麼稀世草藥，原來只是一般河邊再普通不過的『青蒿』了，害我白白嚇了一大跳！」

正想嘲笑一下自己，猝然一股奇異的念頭襲上心頭。

「咦？或許……或許瑪嘉的病有救了！啊……對，瑪嘉有救了……」

反正現在是「死馬當活馬醫」，陳正文立刻拔了幾株青蒿揣在懷裏，準備回去一試。

回到家裡，看見躺在床上的瑪嘉公主氣若游絲，彷彿隨時有斷氣的可能。

陳正文一按脈息，發覺已到了病入膏肓，迴光返照的絕境了，不敢怠慢，火速舂搥出草汁，配上薑醋等藥引引路，強行灌入瑪嘉公主口中，散溢出一股濃烈難聞，令人作嘔的氣味。

此時的瑪嘉公主全身軟攤，任憑宰割，毫無反抗能力。

過了良久……良久……

陳正文因為近日勞累已極也睡著了……

突然「嗤」的一聲，瑪嘉公主僵直地坐了起來！

又「哇」的一聲巨響，吐得地上一灘黑血！

驚得陳正文從睡夢中跳了起來，以為發生地震了！

陳正文定神看見瑪嘉公主竟然坐直了，還嘔出一大灘黑血，鼓脹之腹也消去大半。細細就近往地上一看，黑血中竟有萬條小蟲蠕蠕而動，噁心恐怖極了！

就這樣，瑪嘉公主終於保住了性命，很快地，又恢復昔日光輝燦爛的神采，迷人的丰姿，族人們也都為她能從鬼門關前轉一遭回來感到高興，同時肯定了陳正文的醫術表現。

日後許多山地人若有疑難雜症，也都會千里迢迢前來求診，而陳正文也都秉持來者不拒，分文自給的仁心仁術精神，盡力幫助需要幫助的人。

因此漸漸獲得古樓族人的推崇，連原本處心積慮想奪其性命的大頭目阿歷伏，後來也對他另眼看待，兩人形同莫逆，可謂皆大歡喜。

但，最不快樂，也就是始作俑者，便是害人不成的瑪娜公主了！

當然，惡人總是一計不成，二計又生，瑪娜公主美艷的嘴角很快又泛起奸笑！

「這回，正文哥就要屬於我一個人的了，哈～哈～……」

詭異的笑聲迴盪在山林裡，在湖面上泛起惡毒的漣漪。

*

「姊姊，姊姊，聽說丹林（現來義鄉丹林村）野牡丹花開似火，美麗極了，我好久沒聞到這花香味了，要不是近日得了風寒，出門不得，我一定馬上過去摘幾朵給姊姊聞！」

瑪娜公主居心不良，假意得了風寒，想聞花香，實際上她早已探知，在丹林附近有一支漢人搜索隊，企圖不明，好像在刺探什麼？

當時蕃漢不兩立，要讓姊姊給捉到漢地，那肯定永遠回不來了，陳正文自然就歸我一人莫屬。

「妹妹，妳人不舒服，還一心惦記著姊姊，真令姊姊感動，不如這樣好了，妳若想聞，姊姊親自為妳去摘好了。」

「姊姊，妳真的對瑪娜太好了，真的是瑪娜的好姊姊呀！」

瑪娜公主假意感激莫名地低伏在瑪嘉公主胸口，小鳥依人的樣子，好像享受天倫之樂，背地裡心念卻似毒蛇般，吃人不吐骨頭！

＊

「那邊有沒有發現？」

「沒有！」

「另一邊有沒有發現？」

「也沒有！」

這是一支由年輕漢人組成的搜索隊，小隊長林福生是陳正文自幼一起長大的好同伴，兩人肝膽相照，他們正在搜索的目標，正是失蹤多日的陳正文！

由於前些日子山地人與平地人剛發生過激烈爭戰，如今情勢雖然稍為緩和，但他們的搜索路線也不敢距離山地部落太近，以免惹出不必要事端。

「哇！林隊長，你看那裡！」

小李好像發現寶物般驚叫，眾人的目光不約而同地被他吸引過去，往樹林邊陲一棵相思樹下一瞧，「哇～哇～」的驚嘆聲此起彼落……

「天啊！這裡是仙境嗎？阮爸阮母，我們怎麼看到仙女下凡了！」

「我看啊，仙女下凡也沒她漂亮喔！」

眾人你一言，我一語，讚嘆聲不絕於耳，相思樹旁的那個人，正是在尋找野牡丹的瑪嘉公主。

瑪嘉公主穿著排灣族傳統服飾，美麗的頭冠上綴滿香花與高貴的琉璃珠，在陽光下閃耀迷人的丰采。

色澤鮮麗的綴珠刺繡衣裙，將窈窕的身段修飾得更為迷人。衣裙外的小碎珠、小鈴鐺與細亮的小銀片，都將原本就麗質天生的她扮點得更為出色，無怪乎遠觀的漢人們驚為天人。

瑪嘉公主找了老半天，一株野牡丹也找不到，更別說看到它花開似火了！

正猶疑是否要打道回府，但一想到即將面對妹妹失望的眼神，瑪嘉公主於心不忍：

「再找找看好了，可別叫妹妹失望才好！」

溫柔體貼的瑪嘉公主決心重頭找起。

「隊長，怎麼辦？」

「嗯，或許這是唯一線索，先『請』回漢地，再找會說山地話的人來問清楚好了！」

於是，瑪嘉公主就這樣被「請」回漢人聚落問話。

而躲在一旁，藏身密林陰暗處的瑪娜公主，彷彿導演一般，滿意這一齣精心設計的大戲。

瑪娜公主手裡撕著雞冠花的紅艷花瓣，將碎片灑了一地，彷彿以鮮紅的血獻祭惡靈一般：「傻瓜，這個季節只有雞冠花，哪有野牡丹？」

得意地「嗤～嗤～」笑了出來，甜美可人的笑容裡，竟像蛇蠍一般，藏有借刀殺人的惡計！

＊

「福生，我家的正文怎麼了？我家的正文怎麼了？」

有位老婦人滿臉憂愁，當街攔住林福生搜救小隊的去路，憂急如焚地問。

「伯母，我們……我們已經盡力了，可是……可是一無所獲，只請來這位山地女子，待會兒我會好好請教她，看有沒有正文的消息，妳……妳老人家先別擔心好了！」

小隊長林福生用歉然的眼光回應正文的親娘。

頓時，許多逛街的人群都圍攏過來，熙來攘往的人群頓時像時間靜止一般，大伙兒都為她老人家傷心不已，氣氛一時為之凝結。

寂靜之中，突然傳來一句清脆如鶯聲燕語的美妙問語：「你們說的正文，是不是叫陳正文呢？」

「啊……?!」

現場眾人彷彿不相信自己耳朵所聽到的話，眼前這位美若天仙的山地族少女，居然說出一口標準漢語，最重要的，竟然說出了大家望穿秋水的「陳正文」三個字，著實把大家都給嚇了一大跳，當然，也把惡心腸妹妹瑪娜公主的奸謀給嚇掉了！

話一談開，心中芥蒂自然全消，山地人與平地人也在這次「瑪嘉公主的事件」中得到大和解，彼此因為交流而產生互信，也訂下互不侵犯及相互貿易的君子協定，為古樓部落與漢人一族爭戰多年，勞民傷財害命的不幸歷史遭遇，暫時劃下完美的句點。

*

「姊姊，恭喜妳回來了，妳不在時，瑪娜好孤單，好傷心喔！」

瑪娜公主貓哭耗子假慈悲，騙過了瑪嘉公主，也騙過了眾人，不過惡人的奸計，是不會有絲毫停歇，就像海中浪花，一波既平，一波又起。

到了春天，百花怒放，百草爭妍，森林彷彿被施了魔法一般，換上了一身新妝。

朴樹在冬天時褪盡葉片，如今在每個枝椏間都冒出碧綠的新芽，正是預告小米播種時間的到來。

樹下有幾位農事稍歇的婦女，嘴裡嚼著檳榔，手裡也沒閒著，將樹上找到的吉丁蟲抓來，一隻隻拔掉鮮艷紋彩的翅鞘，一片片插在色彩斑斕的工作帽上，閃耀如虹彩般的炫爛陽光！

男孩子們在樹下玩起用桶鉤藤粗莖自製的陀螺，相互比賽競技；女孩子們則忙著採摘各色花朵，製作新娘花冠呢！

今天天空一片蔚藍，雲淡風清，是個十分美好，非常適合出遊的好日子。

「姊姊，聽說句奈山（屏東縣春日鄉）的百花綻放，美景如畫，我們一起去採花做花圈好嗎？」

「好啊，瑪娜，我們姊妹倆好久沒一起採花做花圈了，走，我們說去就去！」

「啊！……」

「瑪娜，妳怎麼了？」

「姊姊，我突然肚子好痛，想去方便一下，反正路途不遠，不如妳先去山上等我好了。」

「啊？妳不舒服，要不要姊姊留下來照顧妳呢？」

「噢~不用了，小毛病而已，大概吃壞了肚子，如廁一下就好了，姊姊不用為我擔心，沒事的。」

「好吧，這樣我就放心了，那我就先去為妳做一個花圈等妳好了，順便……順便為正文哥做一個……」

看著姊姊洋溢著幸福神采的身影漸行漸遠，瑪娜公主私下不禁一陣冷笑。

「哼！自己做就好了，還想做一個送給我的正文哥哥，我看下輩子再說吧！恐怕下午以後就再也見不到妳了，哈～哈～……」

瑪娜公主滿肚子壞主意，姊姊絲毫不知，依然快快樂樂地向前行。

沿途看山、觀水，春天果然好景色，萬物復甦，生趣盎然，一片綠油油、活絡絡景象。

走著走著，就來到了她們部落附近的句奈山坡，望著一大片花海，群花在清風吹拂下，如波濤般層層流轉，美麗極了，簡直是人間仙境。

「正文哥若能一同前來，那不知有多好呢！不過他為了撫平山地人與平地人的仇恨，付出了這麼大的心力，真令人佩服啊！」

瑪嘉說著說著，見地上有一朵大紅花，正綻放出耀人的紅色光芒，是少見的美豔，順手採了下來，插在自己的雲鬢上，果真美上加美，連仙女下凡也要自嘆弗如！

「報告大頭目，你看，前面有一位漂亮的女子，是不是我們要搶親的對象瑪嘉公主呢？」

「嗯，長得這麼漂亮，應該沒錯，兄弟們，慢慢包圍過去，別讓兔子走脫了！」

瑪嘉公主正在做花圈，她用纖指巧手，將原本各不隸屬的顏色搭配起來，就成了美輪美奐的彩虹花圈了。

甜蜜的笑靨自然流露出來，明艷動人，不經意中，卻瞥見有一大群人從下坡處往上走了過來，本不以為意，但發覺怎麼好像都往她這邊圍攏過來，心下詫異，想抽身離開，已然不及！

「報告大頭目，你看，她頭上插有一朵紅花呢？」

「咦？不是說胸前插紅花，現在怎麼改成頭上，拉瓦告，這紅花到底是插在胸前還是頭上呢？」

這名叫拉瓦告的人搔了搔頭，回道：「胸前！喔，不，好像是……頭上！喔，也不，好像是……」

「混蛋！傳話的人到底說插在哪裏呢？」

「這……」

其實拉瓦告早忘了當初瑪娜公主託人來告時，是說為了區分她與姊姊兩人，有插紅花在○○的，便是瑪娜公主，沒有插紅花在○○的，就是瑪嘉公主。不過他真的忘了這○○究竟在那裡了！

由於搶親事關重大，又看見在一旁的大頭目怒目欲突，鐵拳出汁，好像再不說出來就要吃了他一樣，一緊張，就胡謅起來。

「報告大頭目，我們要找的對象是瑪嘉公主，既然她不知道我們的暗號，也就不會閒著沒事戴著一朵紅花到處跑，所以小的大膽斷定，眼前這位將紅花插在頭上的，一定就是瑪娜公主了！」

「嗯，有道理，好，找錯兔子了，換地方再找！」

「你……你們到底是誰呀？」

「啊？對不起，找錯人，打擾了，兄弟們，往村子上去！」

一行人莫名其妙地匆匆而來，又莫名其妙地匆匆離去，又說了一大堆莫名其妙的話，實在讓瑪嘉公主感到一陣莫名其妙！

不過他聽出對方有提到自己與妹妹瑪娜的名字，光看這行人的排場，好像是山地人舊習俗「搶親」的行頭，瑪嘉公主一時大驚，為了通知妹妹瑪娜危訊，顧不得危險，火速地朝村子裡奔了回來。

由於她不敢尾隨在這隊氣燄凶騰的人馬後頭，因此又多繞了點路，才氣喘噓噓地回到村子裡。

一到村內，大伙兒正在議論紛紛，瑪嘉公主見大哥阿歷伏大頭目匆匆走來，大叫一聲：「大哥，發生什麼事了？」

「唉……」

阿歷伏大頭目輕嘆一聲：「瑪娜被筏律社的大頭目固以搶親搶走了！」

「啊？大哥，那你趕快設法救他回來呀！」

「祖先規定，若大頭目願意照顧某部落女子，是可以搶親而不被制止的，既然筏律社的大頭目固以對我們瑪娜有鍾愛之意，我們只有祝福他們了。」

就這樣，瑪娜公主害人自害，想讓姊姊瑪嘉公主被搶親，結果到頭來自己變成被搶親的對象，任憑她百般解釋自己才是真的瑪娜公主，也示以胸前大紅花為記，但人算不如天算，誤打誤撞，反而成了被搶親的鐵證！

*

事隔一年多，在一個秋末的早晨，瑪嘉公主抱著自己與陳正文愛的結晶，一個襁褓中的小嬰兒，正在哄他入睡。

突然想起還有嬰兒衣物放在屋子外頭忘了拿進來，於是趕緊放下小嬰兒，會心一笑，心想出去一下下就回來。

不一會兒，小嬰兒因為找不到媽媽而哭了起來，突然有一條人影閃入屋內，抱起小嬰兒哄騙起來，逗得小嬰兒沈沈地進入了夢鄉……

這先出之人，自然是瑪嘉公主；而這後進之人，卻是也結婚一年多，亦產有一子，卻不幸早夭的害人精瑪娜公主！

「好可愛的寶貝，媽媽抱抱，親親，好乖喔！」

瑪娜公主心想，眼前這嬰兒，還有正文，原本都是她一個人的，要不是姊姊老是從中作梗，她也不會弄成今天這般落魄田地，心中對姊姊的恨意不減反增！

「啊……？瑪娜，真的是妳呀！……」

瑪嘉公主以難以置信的歡欣語氣迎接妹妹瑪娜公主，卻不知平池又將掀起風浪。

姊姊瑪嘉公主高興瑪娜公主的回歸，就像大地之母擁有無止境的包容心，熱情地重新接納她；但村子內的居民由於瑪娜公主的詭計被揭穿，加上她嫁人後又私自逃了回來，已經對她產生流言蜚語。

但瑪娜公主完全不在意別人對她異樣的眼光，她最在意的，是因此而永遠無法得到正文的愛，那才是她心中永遠最大的痛，無法撫平的撕裂傷口！

現在的瑪娜公主心中更是忿忿不平，每每看到姊姊瑪嘉與正文親熱的模樣，她總是幻想自己為什麼長得跟姊姊一個模樣，卻有兩種完全不同的命運呢？

「我現在若是變成姊姊，立刻擁有孩子，又擁有正文的愛，不知該有多好呀！」

突然一股詭異的壞念頭又產生了！

「對了，我和姊姊長得一模一樣，有時連正文都分不清楚，我若能永遠地取代她，成為她，那該有多好呢？」

腦中盤旋良久，終於又想出一條毒計來。

秋末的早晨，屋外吹起了陣陣的落山風，吹得樹葉「沙沙」的響，頗有涼意；但堅硬的石板屋內因為通風不良，有些許沈悶，於是瑪娜公主主動跟姊姊講說，想帶小嬰兒到屋外散散步、透透氣。

瑪嘉公主不疑有它，當然答應了。

哪知過了一個多鐘頭，有一位村女匆匆趕來，說瑪娜公主叫她轉告瑪嘉公主，她要帶小嬰兒到大武聖山，再也不回來了；如果想要回嬰兒，只能瑪嘉公主自己一個人獨自前往。

瑪嘉公主一聽，嚇了一大跳，她知道妹妹瑪娜最近心情不穩定，怕她做出傻事來，也匆匆忙忙地隨後趕了過去。

沿途上，果然見到一些嬰兒用品散落地面，瑪嘉公主憂急地尋線找去，哪知正好中了瑪娜公主的誘人之計。

好不容易來到一處山頭小平台，瑪娜公主一人冷冷地坐在大石上，嬰兒也放在她的旁邊，明顯地就是在等她。

瑪嘉公主看見妹妹瑪娜公主沒事，才鬆了一口氣。

「瑪娜，還好妳沒事，真的嚇死姊姊了！」

「沒事，哈~哈~……我瑪娜現在弄成這般狼狽模樣，妳還假惺惺說我沒事！」

瑪娜公主好像瘋婆子似的，竟然歇斯底理地對著瑪嘉公主大吼大叫！

「是妳，都是妳，都是妳害我的，都是妳害我變成現在這副鬼樣子，部落裡沒有人喜歡我，正文也不會再喜歡我了！」

「瑪娜，妳冷靜點，妳不要這樣嘛！」

「少來了，妳少假好心想勸我，這孩子本來是我的，正文也應該是我的！我常在想，老天爺為什麼這麼不公平，把我們生得一模一樣，有時候甚至連父母親都認不出來，那為什麼又要給我們兩種完全不同的命運呢！一好，一壞；一幸福，一悲慘？不過……最近我終於找到破解命運的答案了！」

瑪娜邊說，眼中邊激射出一股凜冽寒光，是一種幽怨中帶有殺氣的凶光！

「我知道，我們之中，只要有一個人死了，那所有的惡運自然會隨她而去，留下來的就能享有一切上天的恩澤，瑪嘉，妳說是不是？」

瑪嘉公主不敢相信自己的耳朵，從小與自己長得一模一樣，自己又對她百般呵護、相讓的妹妹瑪娜，到頭來竟然說出這種不理性的話。

不過瑪嘉並不怪妹妹瑪娜，因為瑪嘉知道，這些日子以來，瑪娜確實承受太大太多的痛苦了。

「好，姊姊從小以來，就沒有跟妳爭過什麼，我知道妳喜歡正文，也喜歡這個小孩，反正我們都長得一模一樣，誰也分辨不出來，只要……只要妳能善待正文及孩子，姊姊就……就成全妳好了……」

瑪嘉公主從遠處看著自己懷胎十月所生下的小孩，可愛的小臉頰，稚嫩的清純模樣，好討人喜歡，她相信，若是自己的犧牲能為妹妹帶來幸福，那就犧牲她好了！

「偉大的大武山之神，請聽瑪嘉向您呼喚，願瑪嘉能將一切罪業帶走，為妹妹留下一片光明的前程，瑪嘉在此向您做最虔誠的禱告。」

說完，知足的瑪嘉公主已經了無掛礙，緩步走向萬丈崖邊……

崖邊的山芙蓉像位千面美人，朝白、午紅、晚嫣紫，盡其所能地展現嫵媚；台灣欒樹開花了，預告紅尾伯勞過境的訊息；芒草則在落山風的吹拂下形成一大片白色波浪，好像一望無際的大海。

瑪嘉公主眺望著美麗的大武聖山，祖靈的歸依之處，風光是那麼美好，那麼怡人，此生足矣……

「姊姊，不要……」

瑪娜公主驚訝地望著姊姊瑪嘉的訣別背影，心中頓時柔腸寸斷！

原本計劃想引誘姊姊上山，好在爭鬥中害死她，哪知姊姊到頭來不僅沒有責怪她，反而一心想以死成全於她，這讓心中還剩有一點點良心的瑪娜公主回頭了，她怎麼忍心讓從小以來都對她百依百順的姊姊，為她犧牲寶貴的生命呢？

瑪嘉公主張大雙臂，想像自己即將像灰面鷲一樣，無憂無慮的振翅翱翔，跟著祖靈一起乘虛御風，回歸大自然，心境反而澄明起來，露出了滿足的美麗笑靨。

瑪嘉公主了無牽掛，正想一躍而下，結束這匆匆的一生。

哪知瑪娜公主突然跑過來，從姊姊背後一把抱住，大叫起來！

「姊姊，不要，都是瑪娜不好，是瑪娜自己害妳不成，才會受到祖靈的報應，變成這樣的，是我該死，求求妳別死，讓我死好了！」

瑪娜公主將姊姊瑪嘉向後拖了一小段距離，自己反而衝向斷崖，想一死以報答姊姊恩情！

哪知現在反而變成瑪嘉公主從背後一把抱住瑪娜公主，也大叫起來！

「妹妹，妳別作傻事，讓姊姊成全妳好了！」

兩人在危險重重的崖邊妳拉我扯，爭的不是誰不死，而是誰先亡！

正纏鬥激烈之時，石上的嬰兒好像嗅到不尋常氣氛，突然「哇」的一聲大哭！

姊姊瑪嘉公主心念嬰兒，不經意朝回走了過來，而正想拖她回來的妹妹瑪娜公主，因為衝力過度，一時重心不穩，一個踉蹌，終於在大武聖山上，與她的妒意一起香消玉殞，永遠消失在凡塵之中，時年二十歲！

就這樣，瑪嘉公主與陳正文，這對命運多舛的苦命鴛鴦，山地人與平地人破天荒的首度聯姻，因為瑪娜公主的報應結局，有情人終成眷屬，才得以過著幸福快樂的日子……

＊

「瑪嘉奶奶，祭典的結尾儀式該妳主持了！」

佳玲與佳琳老師的哥哥從屋外匆忙地跑了進來，大聲地嚷著。

「啊？佳玲老師，妳奶奶也叫瑪嘉呀！」子平老師回過神來訝異地問。

「傻瓜，故事中的女主角之一，就是我奶奶啦！我們可是隔代遺傳，都是雙胞胎姊妹喔！」佳琳老師搶著回答。

「啊?!這……我……」子平老師嚇得說不出話來!

原本以為這只是很久以前的傳說故事,鄉野奇譚而已,想不到居然是真實的事件,這故事中命運多舛的女主角,竟然就一直活生生地坐在他的面前這麼久,而且祖孫兩代都是雙胞胎姊妹,多奇妙的巧合啊!

子平老師這才發覺,自己從頭到尾就好像木頭人一般渾然不覺。

等瑪嘉奶奶被佳玲老師攙扶起來,傴僂的身軀,年邁的身影,令人感嘆歲月真的不饒人!

子平老師心中正慶幸「有情人終成眷屬」,不料老奶奶蹣跚的步履剛走到一半,猝然回眸一瞥,向子平老師輕輕地望了一眼,從其老邁的眼神中,第六感敏銳的他,竟然察覺到有些許的悲憐與懺悔,心中頓然一驚!

子平老師禮貌的擠出一絲笑意頷首回禮。等老奶奶離開後,剛才那一幕一直盤旋在腦海裡,良久良久,無法言語……

忽然想起了先前的疑問。

「咦?佳琳老師,難道妳瑪嘉奶奶也會巫術啊!」

「噓!……」

佳琳老師立刻將食指置於櫻桃小嘴前,這個突來的舉動讓子平老師更加驚疑。

等老奶奶確實走遠了，佳琳老師才鬆了一口氣，輕輕地嘆道：「子平老師，你是不是發現了什麼？」

「啊！我……我也不敢確定，只是有一事不明白，妳剛才不是說，妳瑪娜奶奶為了害死妳瑪嘉奶奶，所以去學巫術，難道妳瑪嘉奶奶本身也會巫術嗎？不然的話，她怎麼可能會主持這次隆重的祭祀大典呢？」

「唉！……」

佳琳老師長長舒了一口氣……

「過去的事情，就讓它隨風而逝吧！人，又何嘗不曾犯錯呢？只要知錯改過，變回好人，又有什麼好計較的呢？何況我正文爺爺早就原諒她了！」

「我曾聽正文爺爺親口說過，其實這對雙胞胎姊妹，瑪嘉公主和瑪娜公主，不就和一般普遍擁有雙重性格的我們一樣嗎？只是我們是同一個人，共有善、惡兩種念頭；而她們是一分為二，一善、一惡，分屬兩個人罷了。至於改過遷善的瑪娜奶奶，不就成了瑪嘉奶奶了嗎？或許這也是瑪嘉奶奶在冥冥之中，幫助瑪娜奶奶找回原來的自己吧！」

「啊！佳琳老師的意思是……」

子平老師驚嘆萬分，想不到他這不經意的一問，竟然又扯出一段過去祕而不宣的事端來。

子平老師感慨地說：「妳奶奶知道妳們知道了這個祕密嗎？」

此時佳玲老師也來了，與妹妹佳琳老師並肩而坐，都沒有正面回答子平老師的疑問，只是輕輕地搖頭嘆息。

原來事情的真相是，當日掉下斷崖死的，不是妹妹瑪娜公主，而是姊姊瑪嘉公主！

當然，這純粹是出於意外的，而原想奪人所愛的瑪娜公主，也在長期良心的苦苦折磨及親人的默默諒解下，用其殘剩之年，多為族人盡一份心力。

二、時空戀曲

（古樓國小裡）

「佳……佳……老師？」

望著隨風揚起的飄逸雲絲，以及輕盈靈動的小蓮花碎步，那婀娜曼妙如仙子般的背影，緩緩步出辦公室，子平老師顧不得見到女孩子說話就會結巴的難改死性，飛追過去。

「佳……佳……老師？」

只是子平老師「佳……佳……」了老半天，望著今天中性化的裝扮，分不清她到底是姊姊佳玲老師，還是妹妹佳琳老師，聽起來反倒像不存在的「佳佳老師」？

女老師一見子平老師如此匆忙追來，心想必有急事，於是緩移蓮步，佇足回眸顧盼，流連的秋波中，水汪汪似會說話的大眼睛，直直地盯著子平老師瞧，使得原本興沖沖，似有千言萬語想對女老師表白的他，不僅結巴狀況沒有改善，更是窘得說不出話來，成了真正的「啞巴」了。

「嘻～……」

望著子平老師紅得像雞冠似的臉龐，卻一個字也擠不出來的窘態，女老師差點「噗嗤」笑了出來！

為了防止他憋氣太久，無法渲洩而得到腦溢血，趕緊輕啟嬌唇，輕舒燕語地打圓場。

「子平老師，你是不是分不清我是姊姊佳怡，還是妹妹佳琳呢？」

「啊？是……，啊？不……，啊？也可以說是，我的意思是……」

子平老師一會兒「是」，一會兒「不」，一會兒又「也可以說是」，聽得女老師一頭霧水，也聽得他自己心下暗自焦急，心想我這死性要是再不改正，恐怕這輩子都交不到女朋友了！

「我猜妳是……佳怡老師對不對？」

「嗯！」

子平老師先猜中百分之五十的機率，於是將心一橫，將氣一沈，鼓足勇氣，索性霍出去了，正經八百又語帶感性地完整表達出來，當然，「語帶感性」只是他自己的幻想出來罷了！

「『佳玲老師』；喔！不，我是說，『王佳玲』；喔！是，應該說，『佳玲』才對！對了，我應該叫妳『佳玲』才對，我剛才想說的就是這個意思啦！」

子平老師如釋重負地終於表達出來，至於「完整不完整」？或「感性不感性」？好像……

不過，這好像也不能怪子平老師不爭氣，因為平時不管是在教室上課，或是面對全校師生發言，他反而能落落大方地掌控全局，而且駕輕就熟地發抒己見，不會感到緊張；即便有，也只是一下下而已，不會持續太久；但只要跟年輕的女孩子講話，其實不管長相如何，他總是會特別緊張，自然而然地語帶結巴，也曾因此鬧過不少笑話，或許就如同他自己的推論吧！

「國中、高中的青春期都念『和尚學校』（即全校學生都是男生的代稱）的他，錯過了與異性正常交往的適當時機，等到了讀大學的時候，一方面本來就不太會跟異性朋友交往，二方面又將精神全心全意地放在課業上，因此更加沒有跟異性深入交往的機會。」

「或許這就是教育心理學上所說的『補償作用』吧！將在與異性交往的失敗經驗深深埋入心裡，而以埋首苦讀的方式，從成績的好表現來肯定自己，這也是特殊教育所說的一種『學習障礙』吧！唉～想不到自己苦讀多時的教育專有名詞，竟然全部應驗到自己身上，或許，是環境影響的吧！或許，也是一種宿命吧！」

子平老師雖然有點宿命論，卻不願意認命，因為他早就下定決心，只要他的白雪公主一出現，哪怕上山摘月，下海撈珠，即使是龍潭虎穴，刀山劍林，他都會為了心愛的人全力以赴的，但……想歸想，事實是否真為如此，就不得而知了！

「對，我們都是同事，你叫我佳怡就好了，我也叫你子平，這樣比較不見外。那……你是不是還有話要對我說呢？」

佳玲老師好像看穿了子平老師的心，旁敲側擊地問起他來。

「啊？我……是的，我是特意來向妳及老奶奶致謝的，昨晚承蒙熱情招待，子平實在感激不盡！」

「子平，你也不用太過客氣，你能來我家，也使我家生色不少，特別是我奶奶還直誇你好學不倦，願意聽她老人家絮絮叨叨地說故事呢！」

「哪的話，妳這樣說我實在不好意思，特別是老奶奶的故事實在太好聽，太精采了，真的好過癮喔，即使聽再多遍也不會膩的，我是說真的，絕不騙妳！」

「我奶奶如果能聽到這些話，一定會很開心的。再過幾天我家還有祭祀慶典，也歡迎你再度光臨寒舍，粗茶淡飯的，不成敬意。其實我們是非常好客的民族，那種熱情，或許你已經體會過了，特別是老奶奶好像對你又特別好喔！」

「喔！是這樣子嗎？哈～哈～……」

「哈～哈～……」

子平老師一經坦率地表達，已不似先前生澀了，兩人終於能有說有笑地輕鬆交談。

「還有，這個……我！那個……妳！」

「你是不是明天要計劃出去走走，想找人結伴同行，對不對？」

「啊?! 妳……妳怎麼知道呢？」

「傻瓜，你手上不是握有屏東縣旅遊地圖，上面還劃有許多明顯的紅色標記呢！而且我還聽說你這個星期不回高雄，所以……要不要請我當你的嚮導，帶你到我的家鄉附近走走呢？」

「這……這樣方便嗎？會……會不會太麻煩妳呢？」

「嘻~你剛才是不是想約我出去，才又開始結巴，講不出話來呢？」

「啊？我……沒錯，因為……因為我只要一緊張，說話就會結巴，不好意思！」

看著子平老師的老實模樣，羞紅的臉簡直比紅蘋果還紅，佳玲老師不忍心再開他玩笑。

「其實只要你同我在聊大的時候，把我當成老朋友就行了，不要刻意地太過在意，自然而然，就不會太過緊張了，是不是？」

「嗯，有道理，或許這樣會好多了，佳玲，謝謝妳。」

「那好，嗯，我想看看，有了，既然你已經對我古樓族有些認識，那好，我們的故事又可以往下接了，老奶奶講上一部，我來說下一部，你……有興趣聽嗎？」

「只要是出自佳玲老師櫻桃小嘴的故事，哪怕原本再難聽的故事，也會變成天籟一般悅耳呢！」

「啊？想不到才教你兩招，你就油腔滑調起來了，孺子真是可教也！」

「啊?!我……」

「好了，是跟你開玩笑的，請不要介意。那我們就這樣說定了，明天早上七點整在學校門口會面。其實昨天晚上我和佳琳已經計劃好，想要帶你去一個神祕的地方走走！」

「一個神祕的地方？」

「沒錯！就這樣，明天我們準時見了，拜~拜~」

「好，拜~拜~……」

望著佳玲老師漸行漸遠的窈窕身影，子平老師才大大地鬆了一口氣，正想趁機好好回憶一下方才跟佳玲老師的甜蜜對話，突然身後飛來一隻巨掌，往他的肩頭用力一拍！

「李老師！」

「啊……！噢？是主任喔，嚇我一跳！」

子平老師發覺這間學校的老師好像都有超能力，都會突然莫名其妙地冒出來嚇人！

定神一看，是學校的教導主任黃主任，他也是古樓村的當地人。

他以充滿詭異的笑容說：「你怎麼一個人站在走道上發呆呢？而且聽說，你昨晚到王佳玲與王佳琳老師的家族祭祀典禮去了，是也不是？」

「是啊，是她們知道我在研究排灣族文化，才好意邀我去她家裡作客，而且昨晚的收穫還真不少呢？」

「噢？是這樣子啊！不過……因為你是外地人，而且初到本地，我們又是同事，基於這些理由，我不得不提醒你一句，『凡事還是小心一點好』！」

「啊？『凡事還是小心一點好』，主任的意思是？」

大出子平老師意料之外，平日和藹可親的黃主任，擁有排灣族的優良傳統，個性一向風趣幽默，平易近人，是位樂天派的好主任，怎麼今日這一席話，不僅說得神祕兮兮的，還語帶玄機，這……怎麼會這樣子呢？

「你也別想得太多，我沒別的意思，只是提醒你，像你這樣初來乍到的人，難免對本地的一些風俗習慣，甚至禁忌事項不甚明瞭，所以凡事還是保守一點才好，以免……唉！大家都是同事，我也不方便多說些什麼！」

「主任，我知道您是出自一片好心的提醒我，我也會虛心受教，不過可以請您再說詳細一點好嗎？」

「好吧，那我先問你，你相不相信巫術？」

「巫術？這個嘛……雖然如今科學昌明，但還有許多事情是我們人類智能所無法理解的，而且我對打坐修行也滿有興趣的，因此我大概有七成相信。」

「那好，既然你有七成相信，那就比較容易溝通了。我這樣講好了，『巫術』，若以科學角度來看，不信的人，必定斥為無稽之談；但相信的人，可以把它拆開來檢視，它是融合天文學、醫學、化學、心理學等專門知識，並對大自然產生敬畏之心，從而運用、操控大自然的一種法門。雖然我們目前還無法以科學儀器加以驗證，但在原住民心目中，卻也是一種相當厲害的武器，就像一把刀一樣，能幫人，也能害人。我對它的看法，是因為不了解，所以敬而遠之，你明白我的意思嗎？」

「主任的意思我了解，論點我也十分贊同，不過，這跟我去王老師家有什麼關係呢？」

「唉～這就是我剛才為什麼說你是外地人，不了解本地風俗習慣的原因呢！你應該還記得，本村昨晚的祭祀主祭人是誰吧？坦白說，佳玲老師出身頭目家族，是本部落十分出色的好老師，她奶奶也是位大伙兒十分敬重的長者，不過因為她好像對巫術十分在行，所以……所以也是本村人『特別敬畏』的對象！這麼說，你應該了解我的意思了吧！」

「噢，原來如此，主任的意思現在我全懂了，謝謝主任的提醒，的確入境得隨俗，並且多了解一下，才不會無端觸犯禁忌，捲入是非，主任，真的太感謝您了！」

「子平，你不用這麼客氣，其實我常常在想，人與人的相處貴在真心，而且不知者無罪，你也不要太在意我剛才所說的話，提醒你稍稍留意，懂得保護自己就行了，況且你對我們排灣族應該有些認識了，歡迎加入我們。」

「謝謝主任！」

「再見～」

「再見～」

隨著黃主任的腳步聲逐漸遠離，子平老師的心中頓時百感交集，或許由於自己的魯莽，在還沒有考慮清楚，甚至稍微了解的情形下，就隨便接受邀請，踏入人家的祕密祭典，還好沒有觸犯人家的禁忌，惹出不必要的風波。

「唉！我也太大意了，以後行事可得更謹慎小心才行！」

子平老師感謝黃主任的好心提醒，但他相信自己的第六感，也認為佳玲老師一家都是好人，即使他不小心冒犯禁忌，也不會同他計較的，特別是從主任口中所得悉，在古樓村似乎是人人敬畏的老奶奶，不知道為什麼，子平老師卻對她印象特別深刻，而且是「好感」印象，雖然他已經知道事情的原委，瑪嘉奶奶其實就是瑪娜奶奶，但或許是時常打坐參禪的緣故，一向察覺敏銳的他，直覺告訴自己，眼神中會充滿歉意的老奶奶，是不會害人的！

*

星期日早上，天剛矇矇亮，才五點多，子平老師已經被嘹亮的公雞啼聲喚醒，這是城市裡所聽不到的天然鬧鐘。

今天是子平老師與心目中的二位白雪公主「佳玲老師」與「佳琳老師」出遊踏青的好日子，他昨天已經想了一整個晚上，見面以後該聊的種種話題，並且記在小抄上，才不會到時候又結巴，又忘詞，或是彼此無話交談，乾瞪眼，那就太遜了！

而且昨晚又刻意早睡的他，還是翻來覆去，一夜難眠，這倒比他參加正式教師甄試的考試時還緊張呢！

換上一身輕便休閒裝，穿上高筒登山鞋，背上背包，細細重新檢查一遍，等一切物品準備齊當，看看手錶才早上六點多而已！

於是左跺步，右晃腦，來來回回在房間內，又走了將近半個小時，思考著見面時的應對進退。

等大致瞭然於胸後，才滿意地鎖上房門，騎上破舊的老爺車，踏上初次相約的地點，一個令人期待又緊張的地方——古樓國小校門口！

等他到達目的地時，還提早了十分鐘，卻見兩位佳人已經在彼等候多時。

子平老師大吃一驚，趕緊三步當二步跑了過去，並大聲問道：「佳玲、佳琳老師，妳們怎麼這麼早呢？」

「噢，子平老師，你來了。我們是習慣早起的人，你呢？你好像一副沒睡飽的樣子！」穿運動服的女老師站著問。

此際朝陽冉冉上升，四周景物放亮許多，陽光灑在女老師標緻的臉蛋上，美麗的酒窩像清甜的梅子酒般「清純」迷人！

「你是不是整個晚上都緊張到睡不著覺啊？哈～哈～……」

坐在自行車上，也穿著運動服的女老師，落落大方「噗嗤」笑了出來，她美麗可人的雙酒窩，在朝陽的輕吻下，卻多了分濃郁小米酒的「媚」態！

子平老師終於發現這對雙胞胎公主在外觀上難得的不同之處。

「啊？我……這個嘛！哈～哈～哈～……」

子平老師不知道該不該說出自己是因為今天的約定，為了思索見面時聊天的話題，以免陷入「相對三無語」的窘境，才一夜未曾好眠，只好一味傻笑帶過，以免貽笑大方。

「那就請你先猜猜看，誰是姊姊？誰是妹妹？猜中的話大大有賞；猜不中的話可要重重處罰喔！」坐在自行車上的女老師首先發難。

還好這一題昨天晚上曾經出現在子平老師的沙盤推演命題裡，望向二人幾乎一模一樣的臉孔與裝扮，此刻的子平老師已經多了一份自信。

「騎單車的是愛運動，活潑大方的妹妹佳琳老師；站立的是愛音樂，文靜嫻雅的姊姊佳玲老師，我說的對不對？」

從二人不約而同的微笑酒窩裡，子平老師的敏銳推論再次得到驗證。

「智商果然超過台灣獼猴，有賞，香蕉一根！」

佳琳老師說完玉手就往包包裡一掏，竟然真的拿出一根黃澄澄的香蕉，準備犒賞子平老師。

子平老師正猶豫要不要伸手去接?接，不就成了台灣獼猴；不接，又折了對方的雅興！

「好了，佳琳，你就饒了他吧！」

姊姊佳玲老師看不下去，跳出來說句公道話，妹妹佳琳老師假裝生氣，竟然直接把香蕉拿起來吃，圓鼓鼓的腮幫子，像極了昨晚餐桌上的子平老師呢！

三人相視大笑，也慢慢調和好氣氛，對於這位善解人意，又溫柔體貼的佳玲老師，子平老師暗暗地添上一份心儀之情；卻也對方才快言快語、活潑大方的佳琳老師，也多了份親近之心。

子平老師忽然迷惘起來，想到自己也是漢人，憑空一腳踩進排灣族的社會裡，會不會也像當年的正文爺爺一樣，夾在兩位美女公主之間，進退維谷呢……

「對了，子平，你吃過早飯了嗎？」佳玲老師問。

「我嗎？這個嘛……好像沒有呢！」子平老師不好意思回答。

「嘻～沒有就說沒有，還有『好像沒有』的呢！」佳琳老師撲嗤笑了出來。

「來，我知道我們這裡地方比較偏僻，沒賣什麼吃的，所以就從家裡帶來了特別的早餐──『自製三明治』，大家一起吃，千萬別客氣喔！」佳玲老師體貼地說。

「對呀，姊姊負責早餐，我呢，就負責午餐。有小米與芋頭二種口味的吉那富，連外面包裹用，帶有香氣的拉維露葉子也可以吃喔！不夠的話，還有一些竹筒飯、烤芋頭，點心是類似漢人麻糬的「阿拜」，都是知名的排灣族小吃喔！只不過，不知道合不合你的胃口呢？」佳琳老師不落人後地一口氣說完。

「合，合，一定會合的。哇！有這麼多啊，我今天真有口福，可以品嚐道地的排灣族美食。我真是呆瓜，只想到要來爬山涉水，卻連早餐及午餐都忘了帶，只帶了水壺來，真是有夠呆瓜的！」

「嘻～嘻～子平，你真是迷糊的有趣！來，吃完了早餐我們準備出發吧！」佳玲老師笑嘻嘻說。

「嘻～嘻～子平，你真是迷糊的可愛！都還沒吃到，就肯定合你的胃口，到時候如果發覺太難吃了，可別怪我們喔！」佳琳老師也嘻嘻笑說。

就這樣，子平老師嚐著佳玲老師特意為大家準備的自製三明治，吃在嘴裡，甜在心裡。

邊吃邊幻想的子平老師，正沈浸在美麗佳人特意為他準備的美食幻覺裡，不知不覺的，早已經將昨晚想好及練習好的見面台詞給拋到九霄雲外，忘得一乾二淨！

吃完早餐，三人相約上路。

佳琳老師騎著自行車，充滿青春與活力；子平老師騎著他的破摩托車——「野狼一二五」，這輛陪他多年，征戰南北的老爺車，載著端莊佳人佳玲老師，一行三人，一顛一跛地馳騁在微風輕拂，撩人心意，景色怡人如畫的沿山公路。

一邊是綿綿的高山，一邊是茵茵的草地，有數不清的雙飛彩蝶，有看不盡的雙宿棲鳥，彷彿一對對熱戀中的情侶，融合在一片青山綠野裡，如畫的山，如詩的雲，如曲的風，加上三人的依依倩影，彷彿在述說著一段美麗動人的現代三角戀愛故事！

當然，以上純屬子平老師的虛構幻想罷了……

姊姊佳玲老師，其實對認真好學的子平老師頗有好感；妹妹佳琳老師，也對頗有才華的子平老師刮目相看。

不過目前她們姊妹倆最在意的，倒是沿途的好山好水，還有此行隱藏版的神祕目的地！

子平老師當然猜不透這對雙胞胎姊妹花的心思，甚至連他自己的心思，彷彿也跟著吹拂的涼風迷失遠山白雲間……

沿途風光好，景色佳，三人倍覺神清氣爽，不知不覺已經到了「涼山瀑布」的入口處，以下的路段，就必須捨棄車輛，徒步而行。

涼山瀑布，座落於涼山村（今屏東縣瑪家鄉）東南方，必須穿越一條小徑，再沿河溯溪上行，花幾十分鐘路程就可抵達。

路上天空白雲片片，山巒起伏層疊，綠草蒼翠，綠樹成蔭，百花爭妍，百鳥高鳴。

河上礫石小者如拳，形如鵝卵；大者如屋，形如巨岩。河中小魚漫游，清澈見底；河畔芒草高立，如與肩齊。是個十分美麗、神聖的水源之地，也是昔日排灣族的祕境之一。

愈往上走，道路也逐漸隱沒，待轉入河床裡，就得在礫石間跳躍前行。

子平老師及佳玲、佳琳老師三人相互扶持，互為依托，形如天生璧人，羨煞多少旅客遊人，大讚子平老師艷福不淺，有一對美人左右相伴呢！只可惜男的似乎「有情」，女的依然「無意」，子平老師能否贏得二位美人心，看來還得加把勁！

攀上躍下，好不容易捱到瀑布旁，卻見一絲白絹遠掛天邊，讓全身汗透衣衫，氣若牛喘的子平老師，及善走山路也嬌喘滴滴的佳玲、佳琳二位老師，同聲歡呼雀躍起來，辛苦付出總算有了代價。

這絲來自天河之水的潔白細絹，彷若天女舞紗般在空中跳起妙曼舞姿，所垂下的純白絲絹，美麗的像朵朵白雲，又像陣陣輕湮。

三人一靠近瀑布旁邊，一波波涼氣頓時襲上全身，空氣中氤氳如薄霧般的水氣，在天空中孕育出一道若隱若現的七色彩虹，好像一座聯絡天地之間的仙橋一般，想必對面住的，必定都是超凡出塵、雪膚花貌、冰清玉潔的仙女們！

三人選了一塊聳立水瀑之旁的平坦巨岩坐定，太陽雖然熾熱，但波波沁人心脾的水氣繚繞四周，暑氣全消，心境也隨之寬闊不少。

幾棵台灣欒樹在微風中搖曳枝條，開著黃、紅色的花苞。九芎像個大家庭，是金龜子、椿象與長尾水青蛾的家，腐爛的心材更是飛鼠最愛的窩。田根子草的纍纍花穗也在陣風中飛揚，吸引不少斑文鳥的造訪。

山蘇垂下長條的葉片，像一位能繁衍後代的待嫁新娘。淡黃蝶在水畔碎石上的潮濕處爭相吸水，將大地染成一匹鵝黃色絹佈。海金沙與排灣三叉蕨在水岸邊欣欣向榮，是蕨類植物中的生存翹楚。

四周呈現出一片豐饒而富麗的景象。

瀑布如水龍般傾瀉而下，匯聚出一窪明淨深潭，池水清澈見底，倒映的樹木將池水染得一片暗綠，與岸邊的亮綠色相互輝映。

在滿眼的綠光中，池底忽然一點黑影閃動，凝眸佇盼，不是池魚，而是烏桕樹梢一隻烏秋鳥的池中倒影！

將目光向上挪移，綠影中的黑點放大為藍空下的黑影，牠停在樹頂的細嫩枝條上，卻穩如泰山，左顧右盼，一副君臨天下，視察八方之態。

子平老師在氤氳的水氣中，綠藍交錯的光影裡，在烏秋神鳥的帶領下，身體放鬆，瞳孔放大，彷彿進入深邃而迷離的時光隧道……

遙遠的前方浮現一顆紅太陽，發出暗紅的垂暮色光，似乎預告凶禍的降臨。

四周烏鴉哀鳴，動物們四處逃竄，一群穿著傳統服飾的排灣族人一陣慌亂，小孩子號啕大哭，女人們四處躲藏，勇士也個個心神不寧，就連一族之長的大頭目也驚慌不定，心想難道這就是世界末日嗎？

爬在樹梢的探子臉色鐵青，大聲朝樹下的頭目報告所見景象，那是在暗紅的太陽底下，出現一排短牆，朝村子緩緩逼近。

「海裡哪有短牆？」

頭目百思不解，突然心念一閃，露出可怕的表情！

「是海嘯，是毀滅世界的大海嘯，正朝我們奪命而來，巫師的預言成真了，大家快往高處爬，趕快逃命去吧！」

整個部落亂成一團，人人顧不得家當，帶上妻小父老，火速往高處奔逃。人逃命的速度雖然快，不過海嘯奪魂的速度更快。從遠方的一條線，到一座矮牆，再到一面高牆，數十丈高的大海嘯彷彿是昨夜大地震喚醒的巨大惡龍，正要吞噬大地一切生靈！

當海嘯迎面襲來，人們連喊叫的機會都來不及，一下子就被吞沒殆盡，失去蹤影。此刻突然見到一對兄妹及時捉住水中的「拉葛葛日」草，才躲過滅頂的危機。

兄妹驚駭之餘，看到四周盡是一片汪洋，部落不見了，同胞不見了，連村子的守護土狗也不見了！

抱住一根大樹幹順流而下，來到一處不知名的地方，突然看到一隻比山還高，比河還長的蚯蚓，在浩瀚的汪洋上排出了一大坨糞便，糞便比水輕，竟然馬上變成一座浮出水面的小山陵。

兄妹倆終於踏上這塊新生土地，就依附在這座山生活，繁衍出成千上萬的後代子孫……

此際烏秋鳥接連叫了二聲，將子平老師的注意力拉回現實，好像做了一場大夢，半夢半醒之間，耳畔正巧傳來佳玲與佳琳老師充滿關懷的甜美聲音。

「子平老師，你在想什麼？」望著出神的子平老師，二人異口同聲親切地問。

「哦？我……說出來你們可能不信，我剛剛在迷濛一片中看到了排灣族的神話故事，就真實的出現在我眼前，是洪水氾濫的傳說，好像真實，又好像在做夢……真的，沒騙你們！」

子平老師深怕佳玲與佳琳老師不相信，邊說邊羞紅了臉頰。

「我相信！」

二人異口同聲回答，肯定的話幾乎令子平老師感到訝異。

「日有所思，夜有所夢，你剛才說的是我排灣族的創世神話，竟然會出現在你的白日夢裡，可見得你最近用功之勤，用心之勞，我們姊妹倆不僅相信，還要謝謝你為了解我們部族所付出的辛勞呢！」

佳玲老師的一番話，佳琳老師也屢屢點頭表示贊同，讓子平老師感動莫名，自己的一番努力總算沒有白費，佳玲與佳琳老師果然是一對充滿靈動力的雙胞胎姊妹花，也算是他的知音好友。

「佳玲與佳琳老師，那妳們又在想什麼呢？」子平老師溫柔體貼地回問。

佳玲與佳琳老師同時望著水龍似的飛瀑，出神地凝眸佇盼，微風輕拂，撩起柔柔雲絲，好像與天地融為一體的兩位仙子一般，渾然忘我。

「子平，我先問你，你對我們現在坐的這個地方，感覺如何呢？」佳玲老師神色轉趨凝重。

「環境優，氣氛佳，景緻宜人，是一處人間仙境，我肯定從沒來過，怎麼好像有種熟悉的感覺，就像舊地重遊一般，好奇妙的感覺喔！」子平老師搔搔頭，訝異地回答。

「其實這裡就是幾十年前，年輕的正文爺爺與瑪嘉奶奶從相識相惜，到相知相戀的地方。我剛剛在想，當年的他們，是不是也像我們現在一樣，佇足流連，靜靜地坐在這裡，欣賞這幅美麗的天然圖畫，這造物主賜福的禮讚呢！」佳琳老師接著說。

子平老師瞪大雙眼，原來前天老奶奶故事的發生地就在這裡，難怪有似曾相識的親切感！

此刻見到秋波流轉的佳玲與佳琳老師，同時用水汪汪的靈眸大眼，轉頭對子平老師述說著內心的想法，子平老師從她們的眼眶中，看見泛起的霧狀水珠，不知是淚光的迷濛朦朧，還是水氣的氤氳流轉。

子平老師內心也為之一酸，有種涕淚欲泫的衝動，因為他了解，當年平地人與山地人結為連理，本來就是一場突破禁忌的駭世之舉，雖然事後得到眾人的諒解，但其中的酸甜苦辣過程，可不是旁人所能想像與承受的！

古代的他們如此，那現代文明先進的我們，還會這樣子嗎？他與這對仙女般的老師，如果有機會結為連理的話，是不是也會有同樣的遭遇呢？

雖然自己也明白個人還是處於單相思的階段，但日後若有機會發展成戀曲，自己的家人，或佳玲與佳琳老師的親人，都會同意嗎？

子平老師不敢再往下想，畢竟夢想如果真的如泡影般幻滅了，可是一次不小的殘酷打擊呢！

「子平……」

佳玲老師頓改方才嚴肅的語氣，對著子平老師淺淺一笑，讓子平老師感受到燦爛的笑靨裡，有著無限的溫情。

「你……想不想聽故事呢？」

「啊！對了，我想起來了，我記得之前妳說過，前幾天老奶奶講了上半部的故事，今天妳要接下半部，是不是？」

「嗯，答對了，給你一百分！沒錯，每次我和妹妹佳琳來到這裡，好像都有一種回到家裡的親切感覺，我覺得，或許這裡就是我最接近正文爺爺與瑪嘉奶奶，還有祖靈的地方吧！所以也是說故事的最佳場所，子平，你說是不是？」佳玲老師有感而發。

望著佳玲與佳琳老師溫柔的眼神，子平老師暗自慶幸，自己能與這二位天真爛漫的女老師交往，不管日後是否有人真能成為他的女朋友，甚至未來的另一半，他都心滿意足，此生再無遺憾了。

「其實，如果說先前的正文爺爺及瑪嘉奶奶的戀情，是一波三折的話，那後來的正文爺爺及瑪娜奶奶的感情發展，更算是情海生波。」這次換佳琳老師先開口。

「因為未知的未來，命運的枷鎖，都時時在繫絆著他們倆……」佳玲老師接著說。

隨著二位老師淡淡的轉述，幽幽的道明，原來害人精瑪娜公主在最後的一念之仁，良心竟然得到完全啟迪，一心想將姊姊取而代之的她，最後，真的就變成了姊姊瑪嘉公主了！

但坎坷的命運，並未對回心轉意的瑪娜公主，停下刻意玩弄的魔掌，故事，彷彿是位百變的魔術師，劃破了相隔的界線，時空，似乎又回到了數十年前……

＊

「正文，你還是早點休息，這裡我幫你收拾好了！」

看著丈夫盡心竭力為旅人付出勞力與精神，手中抱著小嬰兒的瑪嘉公主（其實是瑪娜公主），於心不忍，情真意摯地溫柔說道。

「我不累，想到這附近，甚至更深山裡頭，還有這麼多需要救治的病患，我怎麼敢喊累，敢叫苦呢？只是……只是最近附近山區裡很奇怪，好像流行一種怪病，有幾戶人家都得了一種類似熱症的病，卻又不太像，我翻遍中醫資料也不見相關記載，才會如此傷神呀！」

「喔，有人得到怪病，那發病時有什麼症狀呢？」

「聽說全身忽冷忽熱，又痛又癢的，真是奇怪的很！」

「噢，原來如此，那附近居民有沒有說看到什麼奇特現象呢？」

「咦？這我倒沒有特別注意！我始終先以熱症下手，推測可能是水質遭到污染或蚊蟲叮咬這兩方面來著手，你提醒的這一點我倒沒想到。噢！對了，好像有個村民說最近有看到全身黧黑的大蜈蚣，有兩尺多長，其大如蛇，十分可怕。我想這可能是他身體因為極度虛耗而產生的幻覺吧！第一，蜈蚣不都是赤色，即紅色的嗎？哪有黑色的；第二，一尺多長的蜈蚣可能常見，兩尺多長，那豈不成了蛇類嗎？也未見過書中記載，所以我也不曾留意。不過，多謝娘子關心，娘子既要哺育小兒，又要幫為夫看家顧店，倒是妳比較辛苦，妳也要早點休息，可別累壞了身子喔！」

聽完丈夫體貼的呵護之情，瑪嘉公主打從心裡會心一笑，心想夫妻倆及小孩子三人生活雖然有些清苦，但有了丈夫如此細心的關愛，自己才是全天下最幸福的女人！

不過心滿意足的表面下，卻又有些許隱憂，因為最近發生怪病的村落，不正是自己地下師父暗黑婆婆的地盤嗎？而那兩尺多長的黑色蜈蚣，真的是那位村民產生的幻覺，還是另有玄機呢？

瑪嘉公主不敢再想下去，因為直覺告訴她，好像有什麼禍事正在醞釀！

另一方面，傳說害人精瑪娜公主殞命於大武山上，確實給古樓村民帶來一片喝采之聲，人們見著陳正文及瑪嘉公主終於苦盡甘來，也都為他們倆致上最深祝福。

不過，事情的背後，卻不是每個人都滿意的，特別是有一個人正在發怒，咬牙切齒！那個人是誰？正是昔日搶親搶錯對象，誤打誤撞，搶到兇八婆子「瑪娜公主」的筏律社大頭目——固以！

固以大頭目雖然對刁蠻任性的瑪娜公主，有時真的是恨之入骨，想一口氣把她給殺了，但畢竟夫妻一場，瑪娜公主也差點為他生了個小胖娃娃，只不過不幸夭折了，沒有功勞，也有苦勞；況且她雖然個性凶悍，卻長得美若天仙，喜歡自誇英雄的他，自認為若無美人隨侍在側，那還算什麼英雄好漢呢！不過事實上，卻都是他在侍候這位喜怒無常的刁蠻公主，卻也甘之如飴！

＊

「拉瓦告，你滾到哪裡去了，快給本頭目滾出來。」

筏律社大頭目固以怒氣沖沖，正在大廳上咆哮。

「來了，來了，小的這不是來了嗎？」

拉瓦告一聽到這位火爆頭目的吆喝聲，不敢怠慢，快步顛了過來，心想要再慢一點，得小心脖子上這顆可愛又帥氣的人頭了。

「拉瓦告，本頭目問你，你可要給我老老實實地回答，要讓我知道藏有半句謊話，小心你脖子上那顆鳥頭！」

「啊！是……是，大……頭目，您也不是第一天認識小的，小的對您可是忠心耿耿，絕無二心，只要大頭目吩咐的，即使赴湯蹈火，從來沒有不照辦的，而且……」

「住口！廢話連篇，本頭目問你話時，你再回答；沒有問你時，嘴巴給我閉上，關緊，聽到沒有！」

聽出大頭目這次好像是認真的，拉瓦告也不敢造次，要嘴皮子了，趕緊用雙手摀住嘴巴，深怕平日靠它吃飯的傢伙，今天變成催命符了！

大頭目看到平日不曾停嘴的拉瓦告這般醜態，不禁哈哈大笑起來，稍微化解了方才的暴烈之氣，不過突然冷眼直視，全身上下打量著拉瓦告，倒看得拉瓦告打從腳底涼了上來，全身發顫，汗毛直豎！

「我說拉瓦告啊，以前捉錯瑪嘉公主，這筆帳，本頭目可以先不跟你算，反正瑪嘉公主跟瑪娜公主是雙胞胎，也長得一樣漂亮，所以我才放你一馬。不過我出外打獵不在家的時候，發生瑪娜公主的逃家，最近還聽說她竟然死在我族聖山大武山上，我的愛妻啊！……這到底是怎麼一回事，我知道你平日消息最為靈通，今天你要不給本頭目說個明白，講個清楚，嘿～嘿～恐怕出不了我這個家的大門喔！」

「是……，小……的知……道什……麼，就……說……什麼！」

「好了，你用不著那麼緊張，講得好，說不定本頭目一開心，還有獎賞呢！」

「啊！是，是，是，小的遵命！」

一聽到講得好，不僅小命可保，可能還有獎賞時，嗜財如命的拉瓦告立刻精神為之一震，早將方才貪生怕死的念頭遠拋九霄雲外，三寸不爛之舌再次發揮功效，立刻侃侃而談。

「稟告大頭目，事情是這樣子的。幾個月前，大頭目出外狩獵，瑪娜公主趁機將小的誆騙過去，再趁小的不注意時，將小的一記悶棍給打暈了，大頭目您看看，看看我這後腦勺的部位，到現在還腫脹未消呢！」

拉瓦告邊說，邊出示他那幾乎掉光頭髮的光亮後腦勺，果然沒錯，腫了一大塊。

固以大頭目也知道平日只會耍嘴皮子的拉瓦告，是絕對鬥不過自己的兇八婆愛妻的，因此這事也不想再追究！

不過他哪裡知道，事實的真相卻大不相同，拉瓦告後腦勺的傷，是前些日子得罪別人，不知被那個天殺的仇人暗算的，現在他還在查呢？

那他為什麼會眼睜睜地放走瑪娜公主呢？這是一個他不敢說出口的祕密！

「那好，這事我不怪你，繼續說下去。」

「謝大頭目！至於瑪娜公主的真正死因，據我調查結果，是她抱走姊姊瑪嘉公主的小孩，本想將姊姊害死在大武山上，進一步取而代之，不過到頭來惡有惡報……」

「哼！」

「噢～大頭目，對不起！不是啦，小的意思是，我們家的瑪娜公主因為一時的不小心，沒能將壞姊姊瑪嘉公主推下山崖，不幸自己跌了下去，才枉自魂斷，香消玉殞。可憐啊可憐！像這麼美麗的女子，又是大頭目的愛妻，如今不幸遇難，真是天妒美人啊！」

拉瓦告滔滔不絕的一席話，立刻勾動固以大頭目的思妻情緒，他突然從椅子上站起身來，右拳如電，以雷擊之勢奮力擊在案桌上，案桌立刻應聲斷為兩截！

此舉事屬突然，嚇得毫無戒備之心的拉瓦告「哇」的一聲跌坐地上，澎湃的心跳彷彿隨時會從嘴巴裡跳出來，全身軟攤，四肢無力地僵坐地上。

「可惡，真的太可惡了，命運之神啊命運之神，為什麼要這樣子對我！愛妻啊愛妻，為什麼狠心離我而去！我不甘心，我不甘心，我死也不甘心！」

「拉瓦告！」

大頭目慷慨激昂地發完脾氣，突眼欲出，青筋暴露，血絲滿佈的眼神中，散發出一股凜冽的殺氣，朝拉瓦告狠狠地瞪了過來！

拉瓦告嚇得全身肌肉沒一處不發顫，連內臟也快震碎了，欲哭無淚，心想本還以為可以藉機撈點油水，如今油水沒撈成，我看連小命也得賠上了！

「我說拉瓦告啊，大頭目平日待你如何呢？」

聽出大頭目語氣轉緩，拉瓦告心上大石才略為鬆了下來，不過他心知這位大頭目其實也跟瑪娜公主一個模樣，喜怒無常，兩人才會如此絕配，接下來可得好好留意，小心接招了！

「大頭目對小的恩重如山，簡直比小的父母對小的還好，小的要有機會，即使粉身碎骨，也難報大頭目大恩於萬一啊！咦？大頭目為什麼有此一問呢？」

「那好，那本頭目再問你，你敢肯定在大武山墜崖而死的，就是我的愛妻瑪娜公主嗎？」

「啊?!這……」

經過大頭目這麼一問，平日腦筋靈便的他，這時也給問呆住了……

對呀！他只聽到大家傳說瑪娜公主為搶奪姊姊瑪嘉公主的丈夫及小孩，才設計想害死她的姊姊。

但一來，現場除了只有一位不會說話的嬰兒看到以外，並未有人親眼目睹山上的慘劇發生情形；二來，大武山斷崖茫茫，掉下山的瑪娜公主屍骨無存，迄今尚無人發現，死無對證；三來，瑪娜公主及瑪嘉公主是長相完全一致的雙胞胎姊妹，誰認得出來誰是真的瑪嘉公主，誰又是假的瑪嘉公主呢？

一連串的問號，緊接著固以大頭目的問題，不斷的在拉瓦告的腦海中盤旋，最後的答案都是未知數，不僅固以大頭目現在茫然了，連拉瓦告現在也茫然了。

「回大頭目，這個問題現在小的確實無法回答您，因為我們所知道的，都是第二手，甚至第三手，第四手以後的資料，至於真相如何，恐怕只有當事人，也就是瑪娜公主及瑪嘉公主知道了！」

「噢，原來如此，連你都不知道，看來這的確是個不為人知的『祕密』了。其實，話說回來，即使這個祕密永遠沒有人知道也無妨，因為瑪娜公主跟瑪嘉公主實在長得太相像了，身為大頭目的我，為什麼要冒著失去愛妻的風險，去便宜那個臭漢人，叫什麼陳……」

「陳正文！」

「對，反正就是那個臭漢人，與我們山地人有不共戴天之仇的外族之人呢！拉瓦告，你明白本頭目的意思嗎？」

「啊！大頭目的意思是，反正瑪娜公主和瑪嘉公主是雙胞胎姊妹，也長得一模一樣，不如想辦法把她弄過來，如果是瑪娜公主假裝的，正好迎娶回來，誰也不敢說話；如果不是瑪娜公主，是真的瑪嘉公主，也無妨，反正長相一樣，而且聽說個性比瑪娜公主好上千萬倍呢！況且那個叫陳正文的漢人在山地族群裡勢單力薄，即使吃了悶虧，也不敢造次！我說的對不對啊，大頭目？」

「哈～哈～哈～拉瓦告，你果然是我的愛將，最得力的助手。沒錯！反正我愛的是瑪娜公主這樣的美人，這般標緻的長相，管她實際上是誰，只要臉蛋一樣，哪怕是別族哪個大頭目的妻子，我固以大頭目也照搶，方圓百里之內，哪個山地人不知道我固以大頭目的威名呢！所以本頭目打算挑個良辰吉日，再來搶一次親，這次絕對不能再失手了。」

「是，方圓百里之內，誰不知道咱們筏律社的大頭目英明神武，智勇雙全，是眾家姑娘爭相競偶的對象，算來是他們古樓族有福，才會三番兩次被大頭目看上，是他們的福氣呀～」

「好說，好說。拉瓦告，那依你看，我們要不要派一位誠實可靠的探子前去探路，以免發生像上一次誤搶的烏龍事件呢！」

「我剛才才說過呢，大頭目果然智力超群，智慧過人，沒錯，上一次的行動，我們就是因為太過自信，才會擺了一道大烏龍，如今為求慎重起見，真要如大頭目所言，先派一個可靠的得力助手，一位辦事牢靠，我們又信得過的人，去執行這次艱難的任務。」

「沒錯，沒錯。拉瓦告，那你覺得誰才是我信得過，辦事又牢靠的得力助手呢？」隨著固以大頭目閃爍的眼神落停之處，拉瓦告頓時有股不祥的預兆！

「小的愚昧，請大頭目開示！」

「拉瓦告，還記得本頭目剛才問過你的話嗎？『我說拉瓦告啊，大頭目平日待你如何呢？』而你的回答的確教本頭目感動莫名，因為你說了：『大頭目對小的恩重如山，簡直比小的父母對小的還好，小的要有機會，即使粉身碎骨，也難報大頭目大恩於萬一啊！』既然拉瓦告本來就是我身邊的愛將兼得力助手，又急於回報本頭目天大恩情，當然囉，這次任務的先鋒探子，就非你莫屬了。拉瓦告，你同意嗎？別跟大頭目客氣，若有意見，直說好了；若說錯了，本頭目也一定不會怪罪你的！」

「哇～哇～哇～這下大難暫且不死，大禍還在後頭呢！」

拉瓦告心中雖然百般不願意地嘀咕著，但嘴上依然說得漂亮。

「既然承蒙大頭目抬愛，要將如此的重責大任委託於小的，給小的戴罪立功的好機會，小的感激莫名，即使獨闖龍潭虎穴，即使親上刀山劍林，也會視死如歸，全力以赴，以報大頭目千萬恩情於小一呀！」

「好，好，本頭目真的沒看錯人，真的太高興了，既然你是自願的，本頭目也肯定你的辦事能力，我給你三天時間，好好潛入古樓部落地界，記住，不要打草驚蛇，先探聽出公主的住所，再查探古樓部落大頭目阿歷伏的作息時間及近日行程，便可火速回報，知道了嗎？」

「是，請大頭目放心，小的一定不負期望的！」

翌日一大清早，拉瓦告懷著一顆忐忑不安的心，出發前往目的地，這昔日搶錯親，入錯莊的古樓部落！

拉瓦告為了使自己看起來不太顯眼，特地套了件平民所穿的傳統粗布衣衫，一路縮頭藏尾，鬼鬼祟祟地東躲西藏，衣服倒沒有引起別人太大的側目，倒是詭祕的行蹤，反而惹來路人的好奇眼光。

拉瓦告發覺有人注目，更不自然地顯出詭異行徑，難怪老是擔任「成事不足，敗事有餘」的大隊長！

拉瓦告一路顛跛而來，又刻意以蛇行般蜿蜒走法，費了好大一番功夫，把原本一個時辰左右的行程，放大到三、四個時辰，還自鳴得意躲過了眾人的目光。

不過話說回來，誰會在路上無緣無故跟蹤一個人三、四個時辰呢！但他倒有他自己的一番見解，事實證明，也真的沒有人跟了過來！

古樓村聚落不大，拉瓦告很快就打聽到陳正文行醫就診的住所。

一大清早，已經有許多傷患正在排隊等候就醫。

拉瓦告為了親自打探消息，東瞧一下，西瞄一回，深怕行跡敗露似地，也跟著別人排起隊來。

陳正文一早就起來行醫濟世，而且他看病的習慣，是不論貧富貴賤，一律視自己的經濟狀況給付看診費，並且醫術精湛，救活過不少垂死病人，因此頗受當地百姓好評，只一大清早，就已經大排長龍等候就診了。

等即將排到拉瓦告看病時，陳正文發覺此人長得尖嘴猴腮，三角眼，兩眼又灰溜溜地四處亂瞄、亂瞧，身體卻像生龍活虎一般，哪有什麼病容可言，與一旁病焉焉的病人相比，恰成強烈對比！

又看到他雖然身著平民百姓服裝，但腰帶上的人頭紋飾卻洩了底，因為那是貴族才配擁有的標記，正文雖然初來乍到，在瑪嘉公主的殷殷教導下，對排灣族傳統社會也有基本認知，心想此人刻意隱瞞身分，必然心術不正，得多加留意及試探才行。

「下一位。」

「噢，輪到我了，嘿～嘿～」

「來，坐下，手伸出來，我先替你診脈。」

「謝謝你，醫生。」

「嗯～哼～……」

陳正文假裝很用心地替他診脈，見這位仁兄還是心不在焉似的，決定整整他。

「你叫什麼名字？」

「啊？看病還要報名字喔！我……我叫吐魯茲。」

拉瓦告也算老狐狸級人物，怎麼可能輕易報出自己的真實姓名。

「好，吐魯茲先生，關於你這病情呢？依我看……」

陳正文邊看邊搖頭，拉瓦告倒給陳正文這招矇住了，他聽說這位當地稱為「神醫」的漢人，醫術神妙無比，只要摸一摸人家的手，就能說出你的病情，而且八九不離十，簡直比神仙還靈，如今看到他怎麼對著自己猛搖頭呢？難道他真有可怕的隱疾纏身嗎？

接著，陳正文又看了看他的舌頭，摸了摸他的手指頭，都是一邊看，一邊搖頭到底，慌得拉瓦告早忘了今天最重要的任務，因為天下事再怎麼重要，也重要不過自己的性命啊！

「神醫，我到底得了什麼怪病，無論如何，花再多錢，都求求你行行好，大發慈悲，救救我好嗎？」

拉瓦告終於低聲下氣，求陳正文救救他的小命。

「你最近是不是常常感到胸口悶悶的，好像被一顆大石頭壓住一樣，喘不過氣來，而且消化不良，胃腸僵硬，就算吃再多的食物，體重不僅沒有增加，還一直下降，我說的對不對？」

「神醫，神醫，你果然就是神醫，你說的病症我全部都有，那我到底得到什麼病呢？有沒有救？」

「你整天疑神疑鬼，胸口自然沈悶，心頭自然沈重；你成天提心吊膽，胃腸自然蠕動不正常，消化自然不順暢。說真的，你是得了最難治的『疑心病』，非一年半載治不好的，我先開副藥方給你，到旁邊抓藥先吃吃看，如果病情有改善，再來續診好了！」

「是，謝神醫！謝神醫！」

陳正文隨便的一席話，可把拉瓦告嚇壞了，忘了此行的重要任務，得趕緊為自己抓一副良方，治治這詭譎難治的「疑心病」！

當他把目光往身旁藥舖一掃，哇哇了不得，背著小孩正在為病人配藥的婦人，不正是自己這次計畫裡搶親的目標物，也是自己見了，打從腳底都會發麻發燙的古樓公主嗎？

拉瓦告心緒一溜轉，若她真是瑪嘉公主就好了，萬一是自己最怕見到的瑪娜公主，又知道他是前來打探消息的，那他還會有小命存在嗎？

拉瓦告怕瑪娜公主就像老鼠怕貓一般，這「疑心病」以後有機會再治，先閃躲這位可能是女魔頭的公主要緊，因此拉瓦告顧不得救命藥方，趁眾人一個不留神，開步拔腿就跑，不敢再回頭了。

陳正文及瑪嘉公主，還有一些病人，都目睹到這位奇怪的病人，怎麼看完病，藥都還沒拿，就逃命似地奔出了店門口。

陳正文心中暗忖，這傢伙陰陽怪氣的，絕非善類，日後可得小心提防。

不過陳正文行事光明磊落，為人正派剛直，也沒得罪過任何人，因此也不掛意心房。倒是在後面目睹拉瓦告逃命般走法的真瑪娜，假瑪嘉公主，心中疑雲叢生，因為這個人的背影怎麼這麼熟悉，好像在哪兒見過？

拉瓦告匆匆忙忙地逃出了陳正文的診療所，在躲入一棵能隱密行蹤的路邊大樹以後，才驚魂略定，回憶方才的景象，真是險象環生，不由得全身起了一陣又一陣的哆嗦，心想此地不宜久留，還是打探消息完畢，趕快走人要緊。於是重理衣裝，硬著頭皮，再探消息去了。

這次就蒙幸運之神眷顧，很快地，已經探聽出兩天後古樓部落大頭目阿歷伏，將夥同一些村內勇士們出外打獵，因此任務完成，火速遠離這他心目中難以承受的是非之地。

兩天後，果然一大清早，古樓部落大頭目阿歷伏親率多位身邊得力助手，都是資深的獵人兼勇士，前去深山野林裡打獵。

由於最近他們發現鄰近地區的山豬數量有減少的趨勢，為了一年一度即將舉行的狩獵祭大典，必須找出可能原因，一隊人馬才浩浩蕩蕩出發了解狀況。

救人濟世的陳正文及瑪嘉公主夫婦倆，也起了個大清早，準備為今天就診的病人解決疑難雜症。

就這樣，古樓村一切居民生活如常，殊不知將有一場凶禍正在醞釀，即將引爆！

時近中午，看病人群才漸漸減少，要不是大多是遠地慕名而來的病人，附近居民百姓來看診的次數也減少許多，可見得有陳正文的駐守，對當地居民的健康狀況已經改善不少。

正令人欣慰之時，猝然聽到屋子外面一片吵雜聲，好像有一大群人正氣焰凶騰地朝診所這邊蜂擁而來。

陳正文頗感訝異，朝妻子瑪嘉公主望了一眼，瑪嘉公主心領神會，同時也起了戒心。

果然，這一大群人一轟而入陳正文的小診所，將原本就診的病人悉數惡狠狠趕走，顯然是衝著他們夫妻倆來的。

而在遠處，就有人認出率眾前來滋事的首領，正是筏律社大頭目「固以大頭目」，他身旁有位個子矮小，又縮頭畏尾的助手，被夾在一大群凶悍勇士之間，顯得十分不搭調，沒錯，他就是沒什麼特別本事，光靠一張嘴巴就能吃遍天下的固以大頭目貼身最重要參謀——「拉瓦告」。

筏律社大頭目固以身強體壯，猶如一棵巨大松樹，悍然屹立在陳正文的小診所內，一副不可一世之態。

他對陳正文只稍稍一瞥，見他個子不大，身形又略顯瘦弱，與體格魁梧壯碩的他相比，簡直是小樹比大樹，小巫見大巫，不由得臉上立刻露出一副不屑的目光。

待其眼神落停在瑪嘉公主身上，臉色立刻大變，呈現出一副又驚又喜的樣貌。

「瑪娜公主，妳就是我的小親親瑪娜公主，愛妻啊愛妻，妳想得我好苦呀！」

筏律社大頭目固以竟然不顧眾人在場，將近日來對瑪娜公主的思念之情，瞬間全數傾洩出來，一個大男人，像山一樣的大塊頭，竟然一把鼻涕，一把眼淚，看了倒令人啼笑皆非。

他一見到瑪嘉公主，猶如蜜蜂黏到花朵一般，以迅雷不及掩耳的速度，迅速衝了過去，想一把抱住愛妻，這位既可愛又可恨的小親親——瑪娜公主。

哪知他快，陳正文的速度更快，「噌」的一聲，早已落停在花容失色的妻子瑪嘉公主面前，雙手順勢開展，像母雞張翅擋住老鷹攻擊一般，炯炯的眼神裡，現出一副自信的拒敵樣貌。

固以大頭目只衝到一半，立刻被身形如風的陳正文硬是擋了下來，使他嚇了一大跳，心驚此人速度怎麼快捷如電！

但仗著人多勢眾，而且打架當然是比誰塊頭大，拳頭粗，因此也沒放在心上，大聲喝道：「漢狗，你為什麼要搶奪我的愛妻瑪娜公主呢？」

「等等，第一，我不叫『漢狗』，大頭目，你也不希望我稱呼你一句『番豬』吧！」

「這……好，不叫你漢狗也行，當然，你也不能稱我番豬喔！」

「這個自然不會。」

「那好，我再問你一次，你為什麼搶走本頭目最心愛的瑪娜公主呢！」

「大頭目，這第二嘛，我並沒有搶走你的瑪娜公主，瑪娜公主已經不幸喪命在大武山上，我等同樣感到悲傷，由於她是你的愛妻，我也為你感到惋惜，不過現在的情形，卻是你想搶走我的愛妻瑪嘉公主呢！」

「啊！這……拉瓦告，這下怎麼辦呢？」

固以大頭目發現他所說出口的話，全給人家轟了回來，於是小聲地向狗頭軍師拉瓦告求救。

「大頭目，您放心，讓小的來說好了？」

固以大頭目點了點頭，拉瓦告從勇士群身後擠了出來，好像一隻小老鼠從穀倉的大貓群裡鑽出來。

陳正文一看，這不是昨天前來看病，又鬼鬼祟祟的可疑傢伙嗎？原來就是他在暗中搞鬼！

「我說神醫啊，你口口聲聲說她就是瑪嘉公主，瑪娜公主已經死在大武山上，那你如何證明呢？」

「這……」

拉瓦告果然是個職業級老狐狸，只一句話，就問住了陳正文！

沒錯，當日在場的只有三個人，一位是瑪娜公主，一位是瑪嘉公主，還有一位是自己剛出世的小寶寶小明。

如今一位已死，小孩子還太小，連走路都還不會，也無法證明當日跌下斷崖殞命的，就是瑪娜公主，這……要證明，可就難了！

「你說的沒錯，既然大家都有疑問，就該想辦法證明，反正大伙兒口說無憑，我希望你們能給我一點時間，讓我想個好辦法，我一定會給你們一個滿意的答覆！」

「好是好，不過我們怎麼知道你不會使詐，利用這段時間，帶著我的愛妻逃走呢？不然你叫你們的大頭目出來做保，他既是我愛妻的哥哥，說的話我自然相信。」

固以大頭目有意刁難，明知阿歷伏大頭目不在，才說出這種話，反正他心中早打算好，今天是霍出去了，不管妳是瑪娜公主，還是瑪嘉公主，我都要定了。

「這……由於阿歷伏大頭目出外打獵去了，恐怕暫時還不會回來！」

「哼！你分明沒有誠意講和，那就不要怪我使用強硬的手段了！」

「大頭目，你這麼說，分明是強人所難嗎？」

「強人所難也好，不強人所難也行，反正今天，人，我是要定了！來人，不要傷了瑪娜公主，通通給我上！」

固以大頭目根本沒有誠意講和或辨明，立刻揮動手下，朝陳正文及瑪嘉公主逼了過來。

陳正文見對方不講理，又人多勢眾，心下大叫不好，想必他們是故意趁阿歷伏大頭目不在時前來搗亂的，不敢大意，立刻拿出真本事，連番踢倒數位大漢。

但對方數十名勇士，個個身強體健，「猛虎難敵猴群」，陳正文不幸被絆倒，給制服住了，瑪嘉公主也被捉住，雙方勝負立判。

「哈～哈～……想不到你小子竟有如此身手，能打倒我出征殺敵的數位勇士，真是不簡單，不過不要說我依靠人多勢眾才打敗你，救回我的愛妻，誠如你剛才所說的，你會想辦法證明她就是瑪嘉公主，我給你三天時間，如果三天內你想不出辦法，或無法證明她就是瑪嘉公主，很抱歉，我就反過來證明她就是我的愛妻瑪娜公主了，哈～哈～……別說筏律社的大頭目欺負人，命運，可是掌握在你自己的手裡喔！哈～哈～哈～……」

「來人，把瑪娜公主給我『請』回去，愛妻，我們回家吧！」

「不，我不是瑪娜公主，我是瑪嘉公主，大頭目，你搞錯了，正文，你要快來救我喔！……」

隨著瑪嘉公主呼喚聲漸行漸遠，陳正文的內心如同刀割，由於對方的強悍，已經擺明今天就是來搶人的，人既然被他搶走了，還救得回來嗎？

如果她真是瑪娜公主，自己自然沒理由搶奪人妻，歸還理所當然；但如果自己能證明她就是瑪嘉公主，對方會依約放人嗎？

一連串的問題，再次考驗著陳正文的智慧，天呀～地呀～神明呀～我到底該怎麼做呢……

三、真假姊妹花

阿歷伏大頭目在深山野地裡打獵，一得到探子通報，連夜趕了回來。等他回到部落之時，已經是第二天清晨了。

風塵僕僕的他顧不得一夜未眠，迅速來到妹婿陳正文的診所，看見正文滿臉倦容，同樣也是一夜未曾闔眼。

「正文，到底發生了什麼事？」

「大頭目，瑪嘉公主，她被筏律社固以大頭目綁架了！」

「混蛋，真是大混蛋，這小子我早就看他不順眼，要不是念在他是我妹妹瑪娜公主的丈夫，我從前的妹婿，我早就找他算帳了，現在竟然探聽到我不在的時候，敢來綁架我妹妹，該死，我現在就率領古樓部落所有勇士，即使要血洗筏律社，也要救回妹妹！」

阿歷伏大頭目嘴巴惡狠狠地一講完，身子骨往外就想衝，想找固以大頭目一決高下，救回妹妹，哪知被陳正文一把拉住，硬生生地給勸了下來。

「大頭目，請勿衝動，且聽妹婿一言！」

「好吧！我聽你的，你說吧！」

「固以大頭目雖然擺明要搶奪瑪嘉公主，但亦給我三天時間證明，可見得還是對大頭目您心有疑懼，不敢獨斷獨行，我只要能證明出現在的古樓公主，到底是瑪娜公主，還是瑪嘉公主就行了！」

「噢，正文，你想到好辦法了，快說，快跟我說看看！」

「辦法是有，不過為了防止對方使詐，來個強橫無理不認帳，就必須麻煩大頭目您親自出面幫忙了！」

「吔？你幫我古樓族不少忙，又是我妹妹的丈夫，我不幫你，要幫誰呢？只要用得到我的地方，儘管開口，上山下海，一定照辦。不過，我先問你一句話，倘若證明出公主是瑪嘉公主那就好，我也不怕固以大頭目玩花樣，不交人，就準備戰爭吧；不過，如果證明公主是瑪娜公主，你……會怎麼辦呢？」

「這點大頭目您請放心，如果我能證明公主就是瑪嘉公主，自然要設法救回；如果她是瑪娜公主，君子不奪人所愛，我不僅要雙手奉還，還會永遠祝福他們呢！」

「好，好樣，好樣，這才是男子漢，真勇士的表現，我就欣賞你這種胸懷坦盪的個性！好，有什麼吩咐，儘管開口，我一定照辦。」

陳正文附耳向阿歷伏大頭目說了一會兒，阿歷伏大頭目聽完哈哈大笑。

「對，對，好辦法，這樣一來可以證明公主的真實身份，二來又可以防止固以大頭目使詐，翻臉不認人，好辦法，我這就去辦！」

陳正文想不動干戈就止息這一場紛爭，但宿命的安排，真能如此輕易化解嗎？

隔天正午時分，阿歷伏大頭目已經通知鄰近各大族的大頭目前來見證。

阿歷伏大頭目在附近頗有威望，是位「說一不二」的鋼勇士，鐵頭目，因此誰敢不買他的帳，況且這件事早已轟動原本平靜的山地部落，這對「真假姊妹花」，現在唯一倖存的人到底是妹妹瑪娜公主，還是姊姊瑪嘉公主呢？

附近早已經流言四起，能有榮幸親臨當見證人，獲得第一手資料，又何樂而不為呢？

因此一群人浩浩盪盪，由阿歷伏大頭目率眾開路，也備齊了全族最精悍的勇士群，做為談判後盾。

當然，前兩天捉回瑪嘉公主的固以大頭目及拉瓦告，也發生了一些意想不到的事情。

「瑪娜公主，我終於把妳救回來了，妳可知道，本頭目想妳想得好苦喔！」

「大頭目，我想你是認錯人了，我是姊姊瑪嘉公主，不是妹妹瑪娜公主，你找錯人了！」

「不，不會的，反正不管如何，那位漢人醫生若在三天內無法證明妳就是瑪嘉公主，那妳將永遠是我的小親親——瑪娜公主呀！拉瓦告，你說是不是？」

「我……我……我……，這……這……這……」

拉瓦告打從接回這位漂亮的公主以後，就有一股不祥的預兆，他寧可一反常態，選擇閉嘴，並且躲得遠遠的，最好連大頭目都忘了他的存在，否則惹禍上身可划不來！

但，事與願違，該來的還是會來的。

「咦？拉瓦告，你躲那麼遠幹什麼，公主你又不是沒見過，噢～我知道了，看看你頭上的包包，你還對她記仇對不對？」

「啊?! 小的不敢，小的不敢，小的這不是來了嗎？」

拉瓦告不得已才躡手躡腳的慢慢靠攏過來，幾步遠的路程，他好像走了好幾公里。

「拉瓦告，我問你，你幫我看一看，這位古樓公主究竟是不是我的愛妻瑪娜公主呢？」

拉瓦告瞅起一雙原本就不大的瞇瞇眼，從一對單眼皮的細縫裡，仔仔細細把公主從頭到腳，又從腳到頭，一路上上下下打量著，心想，只要儘量不與她的目光交接，就不會那麼可怕了，待會兒大頭目若問起，再敷衍兩句。

就在拉瓦告一雙三角小眼逐漸往上抬的同時，外表溫柔嫻淑的瑪嘉公主，目光猝然如電，一閃即逝，拉瓦告想閃過已然不及，一見到對方美麗的臉龐下，水汪汪的靈動大眼裡，竟然閃爍著一股熾烈的凶光，冷冽到了極點，拉瓦告冷不及「啊」的一聲慘叫，不自覺後退了幾步，踉蹌的差點跌倒！

「咦？拉瓦告，她是不是瑪娜公主，看你的表情，好像認識她，而且挺怕她似的，對不對？」

「稟……稟大頭目，小的剛才是大腿附近被一隻臭蟲咬到，才大叫一聲的。事實上，依小的之見，眼前這位姑娘雖然長得與瑪娜公主一模一樣，但感覺和藹親切多了，大頭目，妳看她那羞怯慈和的純真笑容，與瑪娜公主活潑外放的個性截然不同，可見得一定不是瑪娜公主，而是她的姊姊瑪嘉公主。小的認為，為免古樓及筏律兩部落自相殘殺，還是把她送回去比較好！」

「吔？拉瓦告，你怎麼長他人志氣，滅自己威風，我才不管她是不是瑪娜公主，是真的也好，是假的也行，本頭目都要定了，哈~哈~哈~……」

「大頭目，這樣做恐怕不大好吧，請三思！」

「去！沒用的傢伙，本頭目決定的事情是不會改變的，我看那漢人醫生也想不出什麼好辦法，反正公主最後一定是屬於我的了，哈~哈~哈~……」

固以大頭目早有獨占之心，也聽不進拉瓦告的中肯建言，不過，平日雖然迷糊的拉瓦告，這次絕對可以百分之百肯定，站在他面前的這位外表和藹親切的古樓公主，必定是妹妹瑪娜公主，而不是姊姊瑪嘉公主，因為從他剛才接觸到的眼神看來，她已經釋放出嚴厲的警告訊息，所以拉瓦告才會反常地不敢繼續奉承固以大頭目。

那為什麼拉瓦告會這麼怕瑪娜公主呢？道理很簡單，他不是怕她的「人」，而是怕她的「巫術」！

瑪娜公主剛被捉到筏律社時，因為人生地不熟，還不敢造次。

等當上了大頭目的妻子，就開始作怪了，因為她痛恨她的雙胞胎姊姊瑪嘉公主，所以暗地裡反覆地練習她從暗黑婆婆那裡學到的巫術。

起初她是以小動物為實驗對象，後來為顯示效果，竟然找起真人來，當然，她第一個找的理想對象，便是舉世無雙的倒楣鬼——「拉瓦告」！

還好第一次實驗失敗了！

後來她更脅迫拉瓦告，在他身上施下好幾種巫術，進而控制他，命令他找來更多人頂替，以做練習用活靶。

拉瓦告敢怒而不敢言，為求活命，只得任其擺佈。

後來聽說她要回去找姊姊報仇，拉瓦告簡直樂歪了，當然是主動幫她設法離開筏律社，親自送走了這位人見人怕的母夜叉。

後來又聽說她害人害已，死在大武山上，拉瓦告的心上石頭才真正放了下來。

前幾天無端被大頭目派遣調查死的究竟是不是瑪娜公主本人，他也才開始懷疑，今天不幸證實，看來他的惡夢又剛要開始！

其實現在的瑪娜公主，已經變成貨真價實的瑪嘉公主了，對拉瓦告早就興趣缺缺，如今她唯一企盼的，就是丈夫陳正文能夠早日來救她回去！

隔天，固以大頭目也收到阿歷伏大頭目派人來報的通告，說他們已經想到了要證明出這對真假姊妹花的方法，並通知附近許多部落的大頭目前來當見證人，這使得原本想耍賴的固以大頭目不敢大意，心想反正明日見機行事，若事實證明這位公主的確是瑪嘉公主，日後也一定要再設法佔為已有。

壞主意已定，固以大頭目冷笑幾聲：「嘿～嘿～反正本頭目有的是耐性，不怕公主日後不是我的人！」

到了第三天，果然一片人聲鼎沸，眾人朝筏律社蜂擁而來。

等大伙兒肅靜之後，固以大頭目以地主身分首開尊口。

「各部落大頭目，各位貴賓，歡迎集體蒞臨本部落，由於瑪娜公主及瑪嘉公主乃雙胞胎姊妹，兩人長相一模一樣，並且已經分嫁二夫，卻不幸發生大武山慘事，天妒美人，只留下一人倖存，如今這個世界上沒有人能證明目前這位古樓公主，到底是這位漢人醫生的妻子——姊姊瑪嘉公主，還是本頭目的愛妻——妹妹瑪娜公主，所以為免他們串通好想欺騙我們，本頭目不得已才將古樓公主暫且請到部落裡安住，而且我言明在先，只要這位漢人醫生能夠證明她是姊姊瑪嘉公主，本頭目自然雙手奉還；倘若證明不出來，或證明無法說服大伙兒，那很抱歉，我只能當她是本人的愛妻瑪娜公主了，我保證會愛她一輩子，並且帶給她別人稱羨的幸福，你們說，我這樣做，對不對？公不公平？」

固以大頭目一席話講得娓娓動聽，而且合情合理，其餘部落大頭目也都頻頻點頭表示贊同。

阿歷伏大頭目見大伙兒並無肅殺之氣，也樂見固以大頭目能有如此風範，站起身來接著說。

「既然固以大頭目願意接受證明後的結果，那再好不過了，我阿歷伏大頭目保證，待會兒的證明方式，會令大伙兒滿意的。來，正文，可以開始了嗎？」

「回阿歷伏大頭目，已經準備妥當了！」

「那好，固以大頭目，能否麻煩你把本人的妹妹，當今唯一的古樓公主給請出來呢？」

「行，來人，有請古樓公主出來！」

眾人的目光全部集中在陳正文及這位有爭議的古樓公主身上，期待接下來的劇情發展。

到底陳正文想到什麼計策，能夠說服眾人，並探究出這對「真假姊妹花」呢？

陳正文不慌不忙地走到前頭，臂上猶抱著他的親生小孩，也就是他與瑪嘉公主愛的結晶。

等他把小孩放在地上，並叫這位古樓公主站在孩子不遠處的前方時，眾人這才明白過來，原來陳正文想到的辦法，是利用「母子連心」的天性特質來分辨真偽。

或許大人們會被這對姊妹花的外表所迷惑，而無法辨別出誰是真？誰是假？但小孩子是最天真無邪的，她不會被面貌相同與否所蒙蔽，相反地，他只認得自己的母親，因為小孩子跟母親的關係，是超越視覺的，而綜合嗅覺、聽覺、味覺、觸覺等等，即使雙胞胎姊妹長得再像，總不可能連嗅覺、聽覺、味覺、觸覺等統合感覺都一模一樣，因此這招果然是大伙兒都沒有異議的推理方式。

正當陳正文放下孩子，叫這位古樓公主想辦法吸引他時，突然有人提出異議，那人自然就是「別人滿意，他不同意」的固以大頭目了。

「等等，本頭目承認這個方法雖好，但並不完美，因為畢竟這位古樓公主與這小孩子也相處過一小段時間，也有一小段感情了，我們必須再加入另一項變數，讓小孩子多一樣選擇，倘若真的是他母親，他當然會選擇親生母親；倘若只是短時間相處過的阿姨，小孩子記得快，忘得也快，他就不會去選她了，你們說，我說的有沒有道理？」

「混蛋，固以，你分明是要搗亂，看我修不修理你！」

阿歷伏大頭目一聽到眾人都沒意見，獨獨固以大頭目有異議，心想他是故意找碴的，掄起鐵拳，正要跑過去跟他輸贏，被陳正文一把拉住，並附耳小聲對他說。

「大頭目，他講的也沒錯，反正今天的目的是要讓他心服口服，他這點小意見也不算刁難，只會讓這個小試驗更加公允而已，沒關係的啦！」

「噢，原來如此，不是故意找碴，那就好，不過待會兒他要再有意見，我就饒不了他了！」

「喂，固以，你雖然也算是我的妹婿，不過醜話講在前頭，試驗前有話快說，有屁快放，不要等到結果出來了，還有意見，那我可不會輕饒你喔！」

「阿歷伏大頭目，你也算是我的大哥，我固以大頭目一向說一就是一，說二就是二，只這一件小意見，沒有其他了！」

「好，大伙兒都是見證人，就這麼說定了。正文，麻煩你拿出一件小明最常玩的玩具，也放在前面不遠處，看他是選擇親生母親呢？還是選擇自己最鍾愛的玩具？這樣做，大伙兒都同意嗎？」

眾人聽完也都同時點頭應允。

於是陳正文拿出小明平日最喜歡玩的布娃娃，是一位穿著華麗衣衫的山地勇士，也放在他的前方不遠處，接下來，好戲正式上場了。

還不會走路的小明被放在地上，他發覺眾人的眼光好像都落在自己身上，不經意把大姆指放到自己小小的嘴巴裡，張大水汪汪的無辜雙眼，現出一股無助的眼神，回頭望向父親。

陳正文立刻親暱地鼓動他爬到前面去。這時小明或許發現父親並未走開，才放了心，一邊吸吮著短短的，胖胖的手指頭，一邊望向前方。

這短短的前方，對大人來說是小小的，實實的；但對小明來說，卻是大大的，茫茫的！但對命運來說，卻是牽動彼此未來關係的唯一橋樑！

小明鼓著胖胖的小臉蛋，張著圓滾滾的大眼睛，以無助的眼神向前方望去，前面有兩樣東西在晃動，一邊是一位美若天仙，好像是自己的媽媽，正在向他招手；一邊則是自己最喜歡的玩具，也似乎在向他招手呢！

小明一鎖定「目標」，奮力向前爬了過去。

起先大伙兒都以為他要爬去找這位古樓公主，哪知他只爬到一半，就轉向去拿他心愛的玩具，這充滿戲劇性的發展，看得眾人是雙眼直瞪，啞口無言，也看得陳正文及阿歷伏大頭目暗自焦急；而固以大頭目卻是爽快連連。

那拉瓦告呢？雙腳好像是別人的，不自主開始發抖了！

時間一分一秒過去，任憑這位古樓公主如何輕聲、細聲、柔聲、高聲、急聲呼喚，卻一點也喚不起小明的注意力，他自顧自的玩得不亦樂乎，完全忽視了別人的存在！

「哈~哈~哈~果然『母子連心，實乃天性』，想必大家都看得十分清楚，也不用本頭目贅述，事實已經證明，這位古樓公主就是我的愛妻——瑪娜公主！」固以大頭目得意極了。

瑪娜公主不敢相信自己的眼睛，雖然曾經犯錯的她，如今正在設法彌補，她也一改常性，改扮起姊姊的完美身份，自信做得還不錯，但命運之神好像還在生她的氣，如果真的母子天性，那之前她的所有努力，還有姊姊以死相讓的決心，是否都白費了，到頭來還是一場空呢！

瑪娜公主心碎了，陳正文及阿歷伏大頭目也心碎了！

瑪娜公主索性不再叫喊，立起身來，準備接受這個殘酷的事實，心中暗自喃喃祈禱：「姊姊啊姊姊，妹妹以後不能再代替妳，替妳照顧正文及哺育小明了，求姊姊原諒，我相信不會太久，妹妹當會在祖靈的國度與妳相會的！」

剛一祝禱完畢，正準備親自宣佈事情真相時，突然奇怪的事情發生了。

小明突然轉過頭來，好像聽到有人在叫他的名字，立刻將手上的玩具用力往身旁甩開，直直朝瑪娜公主這邊爬了過來，只爬行到一半，竟然直直站了起來，並且伸出雙手，呈抱抱的姿勢，這突來的舉動可把大伙兒又給嚇呆了！

瑪娜公主見小明筆直朝自己走過來，還做出只有向自己親生母親做出的親暱抱抱姿勢，發覺機不可失，順勢迎了上去，一把將他從地上抱了起來，又親又摸的，完全一幅「母子親暱天倫圖」。

這時眾人才大大鬆了一口氣，心想大概是剛才小明一時貪玩，才忘了與母親抱抱，等他玩膩了，自然會回到自己認為最安全的避風港——「母親的懷抱」裡！

諸位見證大頭目這時不約而同地站起身來，為這次母子相認的圓滿成功大戲而鼓掌喝采！

此時只有原以為得勝的固以大頭目一臉不高興，「哼」的一聲，心不甘情不願地接受事實，也不跟眾人打聲招呼，忿忿地朝後院走了進去！

阿歷伏大頭目立刻以粗壯的雙臂抱住陳正文，威嚴的外表下，現出難得一見的笑容，彷彿在慶賀正文打勝仗回來一般！陳正文也回以溫情的笑容，一家人開心極了。

不過陳正文內心卻不因此次的母子相認成功而寬舒，反而更加添一絲憂慮，打從瑪嘉公主從大武山回來以後，他感覺怪怪的，雖然夫妻作息如同往昔，小孩的撫養行為也沒有異樣，但始終有股異樣之感，至於異樣在哪裡？連他自己也說不上來。

不過看完今天的母子相認過程，從起先的小明不理不睬，特別是最後判定真相的小明突然會走路，甚至直奔母親的身邊，一般人都以為是要回到自己親生母親身邊來；但陳正文卻發現，被抱起後的小明，雙手彷彿還在向後面的空中揮舞，與其說「揮舞」，不如說是「捉取」，他不是已經回到瑪嘉公主，這位親生母親的懷抱裡，怎麼還會有這種令人難以理解的舉動呢？而隱藏在公主身後，真正吸引小明的，又是什麼呢？

陳正文心中在想，或許是這幾天自己因為太累的緣故，才會胡思亂想，正想撇開之時，目光突然掃到拉瓦告身上，這位世上除了古樓兩位公主及小明三人以外，是目前唯一知道真相的人，也是最近最倒楣的人！

陳正文看出他竟然呆立在那裡，兩眼僵直，全身顫慄，一看地板上，竟然濕了一大片！

陳正文詫異地往他的褲管瞧去，沒錯，拉瓦告，一位健康的大人，竟然在大白天尿濕褲子，那肯定是被嚇著了。

於是陳正文快速穿越眾人，來到拉瓦告面前，問他大白天的，到底看到什麼，才會嚇成這副模樣。

拉瓦告經陳正文這麼一問，回過神來，突然對著空中大叫！

「啊！我什麼都沒看到，我的媽呀！」

也不回答陳正文的話，逕自奔離現場！

陳正文覺得此人甚怪，也不再理睬。

但拉瓦告究竟看到什麼，才會嚇成這樣子呢？

理由無他，因為他看到了小明之所以反過來奔向瑪娜公主的原因，那就是在瑪娜公主的身後，還看到站有一個跟她長得一模一樣的美麗女子，正在向小明招手呢……

隔天一早。

「拉瓦告，你給我死到哪裡去了，快給本頭目滾出來呀！」

拉瓦告慶幸昨天躲過了害人精瑪娜公主，今天卻躲不過性烈如火的固以大頭目，一大清早又聽見大頭目正在發飆，不知道又有什麼禍事即將發生，不敢有所耽擱，立刻飛奔過來。

「大頭目早，大頭目叫小的來，有什麼吩咐呢？」

「來，拉瓦告，你先坐下，我有話問你。」

「有什麼事大頭目儘管吩咐，小的站著聽就是了。」

「好，那也行。那本頭目問你，你真的相信這位古樓公主就是瑪嘉公主，不是瑪娜公主嗎？」

一聽頗覺好笑，怎麼已定的事實，也通過其他部落大頭目的見證，大頭目怎麼到現在還不死心！

「回大頭目的話，昨天您不也親眼目睹全部過程，又加上各部落大頭目的親眼見證，事實擺在眼前，是假不了的，依小的看，大頭目還是死了這條心吧，山地部落，芳草萋萋，美麗姑娘，如花遍地，大頭目何必單戀一枝花呢？」

「話是沒錯，不過自從本頭目娶了瑪娜公主為妻，不知道為什麼，對其他女孩子總是不屑一顧。不行，我管不了那麼多，管她是瑪娜公主，或是瑪嘉公主，拉瓦告，今天你一定要給本頭目想出一條好計策，否則我絕不讓你踏出這個房門！」

「啊？怎麼又來了，大頭目老是喜歡為難別人！」

拉瓦告心中老大不願意，搔了搔他那即將掉光的頂上青絲，也想不出什麼好計策來，只得硬著頭皮，敷衍兩句了。

「稟告大頭目，這人事已成定局，恐怕難以回天；除非……能改變天命，不過這天命誰能改之呢……」

拉瓦告話中的含意，是人事已定，天命難違，但總不能兩樣都講絕了，那一定會受到大頭目處罰的，於是隨便敷衍兩句，哪知卻給了固以大頭目一道意外的靈感！

「啊！對了，拉瓦告，講得好，講得好，雖然這人事已成定局，但天命我們可試圖改之，我知道有人做得到，想必你也知道，才故意這麼說的，是不是？」

「啊?!我……這個，我知道的人選，大概就跟大頭目知道的人選一樣，不過，聽說這個人很難找呀！」

拉瓦告根本不知道大頭目所指何人，但既然大頭目有此一說，只好打蛇隨棍上，先附和幾句，再伺機探出口風！

「不難，不難，或許對你們來講，的確不好找，但對於本頭目來說，這並不太難，她就住在古樓村北方的一座密林裡，人稱『暗黑森林』，是古樓族的一處禁地，她，就是排灣族赫赫有名的地下巫師——『暗黑婆婆』！」

「啊?!對……對……果然跟我的想法一致，是暗黑婆婆沒錯，這位人見人怕，鬼見發愁的大巫婆！」

「哈～哈～哈～……拉瓦告，看來這次我們的意見又相同了。同樣的，我要找一位身邊可靠又得力的助手當使者，前去找她幫忙，只要她老人家點頭肯答應出面幫忙，嘿～嘿～古樓公主遲早會是我的人了，哈～哈～哈～……」

「是，是，大頭目說的是！」

最近倒楣透頂的拉瓦告正想找藉口開溜時，只聽大頭目令人不安的話語如鐘聲般又再度響起。

「拉瓦告，我左看右看，前思後想，都覺得你是此行任務的最佳人選，你，可否願意為本頭目走這一遭呢？」

拉瓦告自知劫數難逃，與其頑強抵抗，壯烈犧牲，不如索性先答應，再想辦法，否則今天肯定出不了大頭目這道房門的！而且，嘿～嘿～說不定還可以反過來撈到一些油水，以便早日退休享清福呢！

「為大頭目效勞，實在是屬下無上光榮，小的求之不得，願為大頭目親自走這一遭！」

「好，好樣，明天你就為我準備幾份厚禮，記住，只要她有辦法幫我奪回古樓公主，我什麼條件都答應她，你明白嗎？」

「是，小的領命就是。」

就這樣，固以大頭目及拉瓦告，一個奸詐，一個小人，兩人狼狽為奸，各有所圖，一個想對已成定局的古樓公主不利，強取硬奪；一個想趁機中飽私囊，享受後半輩子。

兩人計畫請出這位排灣族最令人害怕、聞風喪膽的地下巫師——暗黑婆婆！

*

「暗黑婆婆，暗黑婆婆，妳在家嗎？」

拉瓦告恨不得自己多長幾隻手，找不到人願意幫忙的他，全身提著好幾樣貴重禮品，一個人走在這充滿詭異的暗黑森林，對著一間外表粗糙陳舊，又佈滿蛛網、灰塵的怪房子敲門高喊，並且內心祈禱。

「祖靈呀祖靈，您千萬行行好，保佑我找不到暗黑婆婆，這樣我就可以直接回去覆命了，拜託！拜託！」

不過，事與願違！

「外面有人在找我老婆婆嗎？門沒鎖，請進！」

「我咧……」

拉瓦告知道「是福不是禍，是禍躲不過」的道理，反正來都來了，索性霍出去了。

「暗黑婆婆您老好，是我拉瓦告，筏律社固以大頭目派我來的。」

隨著拉瓦告自我介紹完畢，順勢推開房門，一股濃烈的藥水味刺鼻而來，不由得讓他鼻子過敏，立刻打了一個大噴嚏！

「哈～啾～……」

正想跨步上前拜見暗黑婆婆，卻聽到暗黑婆婆在遠方黑暗幽深之處，聲音渺茫而淒厲地說道。

「小心你的聲音，不要太大，嚇醒我的小寶貝們，就不太好了！」

「噢~暗黑婆婆也有雅興養寵物，真是難得，拉瓦告請問一下，您都養些什麼寶貝寵物呢？」

「嘿~嘿~嘿~有百步蛇、狼牙蜘蛛、黑背蜈蚣、地母蛤蟆、天蠍子等等，不知道你喜歡哪一種，婆婆可以送一隻給你呀！」

「啊?!不……不用了，我……我不需要！」

拉瓦告一聽說暗黑婆婆養的寵物，全是一些罕見又致命的毒蟲，嚇得雙腳發軟，心臟無力，突然鼻子又想作怪，害怕要再來一個大噴嚏，萬一真的驚醒這些大毒蟲，那他縱有十條小命也不夠賠呀！

於是趕緊用雙手摀住鼻子，不敢再發出太大聲響。

「你叫拉瓦告是吧，你說你們筏律社固以大頭目想找我幫忙，到底有什麼不可解決的事情，要煩勞我老婆子效勞的，你儘管說吧！」

拉瓦告這才將重禮送下，是幾匹美麗圖案的織布，一大盒閃亮的琉璃珠，與幾瓶陳年的小米酒等等，並將固以大頭目交待之事詳詳細細述說一遍。

暗黑婆婆聽完以後，陰沈地呵呵笑。

「原來如此，我也聽說過『古樓公主的真假之謎』及『母子連心證明法』，不過，嘿～嘿～嘿～我相信這世界上，除了這小孩自己知道目前的公主真實身份以外，其實還有另一個人也知道真相的，嘿～嘿～嘿～……」

拉瓦告當真猶如五雷轟頂，心想這暗黑婆婆不愧是人鬼皆懼的大巫師，連自己都不敢對外公開的天大祕密，她竟然也能知道，好像會「讀心術」似的，內心暗自著磨，既然您老都知道了，那我實話實說好了，正想承認之時，只聽暗黑婆婆又接著說。

「嘿～嘿～嘿～你一定很驚訝，對不對？沒錯，只要我說出來，全古樓族，甚至其他部落，特別是你們大頭目也會很驚訝的，是不是？」

「是，是，是，暗黑婆婆您老說的都是，您老神機妙算，神通廣大，小的佩服五體投地，無以復加呢！」

拉瓦告為求自保，不禁先拍一陣馬屁，拍得暗黑婆婆笑得更加得意。

「拉瓦告，你果然是不可多得的人才，舉一反三，一點就通，難怪固以大頭目會將這重責大任委託給你。沒錯，暗黑婆婆實話實說，你可不要太過驚訝，因為知道事實真相的那個人，就是——『我』！」

「啊?!……」

拉瓦告心頭砰了一大下，好像著實中了一顆子彈一樣，不覺一陣好笑，怎麼這老婆婆說了老半天，害他緊張的半死，答案竟然是她自己，真是有趣得很！

這才略為輕紓一口氣，還好他這個祕密到目前為止還沒有第二個人知道！

於是暗黑婆婆才將她為何知道的原因告訴拉瓦告。

拉瓦告嚐過害人精瑪娜公主的大虧，也聽得懂暗黑婆婆所說出的，別人無法了解的話中含意。

原來暗黑婆婆在獲知瑪娜公主魂斷大武山的時候，也是一陣錯愕！

她心知瑪娜公主是一位心狹善妒的壞女孩，無所不用其極地想除掉好姊姊瑪嘉公主，以奪取心上人陳正文的心，連瑪嘉公主的親生兒子也想趁機佔為己有，取代瑪嘉公主的全部地位及幸福，這也正好符合暗黑婆婆教授暗黑法術的基本理念，就是「當白晝沈逝，黑夜恭臨，就是暗黑法術大放異采的時候，我們將奉獻生命與靈魂給夜黑之神，無所不用其極地趨走白晝，捍衛夜黑之光」！

兩人聲氣相通，臭味也相投，也令她為愛徒的早逝而喟嘆不已！

正當暗黑婆婆想用「回魂術」喚回愛徒瑪娜公主的一縷幽魂時，不幸誤打誤撞，卻喚來瑪嘉公主的神魂，那股純淨無瑕的聖潔之光，竟然把暗黑婆婆原本就不甚便給的雙眼給刺瞎了！

如今暗黑婆婆才澈底明白過來，原來這一切都是愛徒瑪娜公主搞的鬼，她雖然不怪她，卻對古樓族更加怨恨，新仇加上舊恨，現在，復仇的機會終於來了。

「嘿～嘿～嘿～拉瓦告，你回去轉告給你的大頭目，要我老婆婆幫忙可以，但要有一個條件，就是我幫他搶回心上人瑪娜公主以後，他必須幫我攻下整個古樓部落，扶持我成為古樓族的最高統治者！」

「老婆婆年輕時也曾是貴族，被這群天殺的人逼出部落，躲進這不見天日的暗黑森林，幾十年來，我等的，就是復仇這一天，今天老天開眼，機會終於來了！」

「不過你放心，除了我的愛徒瑪娜公主以外，我會先施以法術，回報這些古樓族人，讓他們嚐嚐『求生不得，求死不能』的滋味！等老婆婆玩膩了，再請你們大頭目分派一些殺戳戰士給我，讓我將他們該殺死的一一剷除，剩下的就留給我當僕役差遣好了。除此之外，老婆婆沒什麼特別要求，請你回去轉達給大頭目吧！」

拉瓦告耳朵聽暗黑婆婆一字字的話語，心頭卻一陣陣的發麻，眼前這位好像已經雙目失明的老婆婆，想法竟然如此心狠手辣，但語氣卻又如此平靜溫和，好像要當著你的面吃你的肉，啃你的骨，卻還對你甜言蜜語一樣，實在叫人害怕！

原本就膽小如鼠的拉瓦告，心想還是趕緊找個理由開溜要緊，以免到頭來自己先發生不測。

「暗黑婆婆，您老的話，我拉瓦告會全數一字不差地帶回給大頭目，若沒別的事的話，我還有要事待辦，就先行告退了！」

「那一切就拜託你了，謝謝你，有空常來坐坐喔！」

「是！是！」拉瓦告急忙欠身告退。

等出了這個形如鬼屋的房舍，心想「有空『鬼』才要來坐呢」！步伐一經邁動，如風一般逃離現場！

拉瓦告回去以後，馬上將暗黑婆婆交待的話，一五一十如數奉上。

鬼迷心竅的固以大頭目哪顧得了別人家的死活，現在他只知道，沒有瑪娜公主就活不了了，因此暗黑婆婆開出的條件他悉數答應，再度遣拉瓦告回覆消息。

拉瓦告才又心不甘，情不願地兩頭跑，幫忙製造出一場空前的大浩劫！

四、師徒情深

正當拉瓦告著實忙了好幾天，大嘆奴僕難為時，內心暗自發誓，這是最後一次了，只要賺夠本，就要遠走高飛，再也不要被人呼來喝去！

正要好好舒緩舒緩，休息一下的時候，老天爺似乎還不願意饒恕他，因為早有人在他家裡面等候多時了。

當然，這個人的出現，也將拉瓦告的命運，推向另一個未知的方向。

「拉瓦告，好久不見了！」

正當拉瓦告一腳剛跨進客廳門口，一聲女子纖細柔和的聲音輕飄飄地傳入他的耳際，這聲音化為灰燼他都認得，不由得全身雞皮疙瘩掉滿地，起了一陣又一陣的哆嗦，三魂七魄立刻去了一大半！

這位女子是誰？正是拉瓦告這輩子最害怕的「瑪娜公主」！

「啊！原來是瑪……娜，哦，不是，是瑪……嘉公主才對，我說……錯了，該打！」

拉瓦告用力賞了自己臉頰幾記大耳光，打得眼冒金星，差點暈倒；瑪嘉公主則面無表情地冷冷瞧著。

等拉瓦告打到覺得自討沒趣，她才開口說話。

「好了，拉瓦告，你省點力氣吧，不要再演戲了，你知道我是誰，對不對？」

「啊?!……瑪娜公主，哦，不，瑪嘉公主饒命，小的什麼都不知道；如果知道了，也什麼都不會說的，千萬饒命啊！」

「嘿～嘿～你不要跟我打哈哈，你知道我不吃這一套的，我只給你一次機會，把你所知道的，以及最近都在忙些什麼，一五一十全部告訴我，只要讓我知道你有所隱瞞，嘿～嘿～，後果你應該很清楚吧！最近，你是不是常常覺得胸口煩悶，食慾不振呢？看來我的小乖乖又開始頑皮了，嘿～嘿～」

瑪嘉公主接連的冷笑聲，聽得拉瓦告毛髮直豎，渾身發顫，心中著磨，固以大頭目及暗黑婆婆的計劃雖然重要，但怎麼也比不過自己的性命重要，因為小命一但沒有了，那什麼榮華富貴都是空談。

於是將心一橫，被時勢逼成「雙面間諜」，回想我最近怎麼會這麼倒楣呢？不知道是哪裡得罪了命運之神，怎麼老愛找我開刀！

不明天意的拉瓦告，殊不知命運如此的安排是別有用意的。

就這樣，拉瓦告常假固以大頭目之命，行打探暗黑婆婆動靜之實，這對巫術道行尚淺的瑪娜公主來講，無益是一項大利多。

而且瑪娜公主還暗中給了拉瓦告一項特殊任務，是攸關古樓族存續或毀滅的天大使命！

瑪娜公主似乎也痛改前非，已經認定自己就是那個形象完美的姊姊瑪嘉公主替身，為保護族人免遭邪術荼毒，瑪娜公主毅然決然，將與師父展開一場正邪大對決！

瑪嘉公主一回到古樓村，看到丈夫所開的診所病患突然大增，尋問之下，才知道大都得了怪病，高燒不退，全身肌肉無力，而且又痛又癢的，瑪嘉公主心下大驚，師父果然開始行動了。

「我早上起先以為是純粹的熱症，本不以為意，但隨著就診人數的增加，我便懷疑是否本村水井遭到下毒，否則怎麼會有這麼多的人感染這種前些日子我就束手無策的怪病。但調查結果卻顯示不是水井問題，我已經通知大哥阿歷伏大頭目前來協助調查，並加派人手保護部落安全。依我看來，或許這是古樓村即將發生大浩劫的前兆吧！」

不明究理的陳正文仁心仁術，憂心忡忡。

「正文，那他們有沒有說見到什麼怪異現象呢？」

「有，還是有一些人說昨晚親眼目睹有兩尺多長的黑色大蜈蚣在四處游走，早上醒來就全身不舒服。對了，瑪嘉，你們村內以前也傳說曾有這種怪蟲嗎？」

「啊？沒有，不過……正文，你相不相信這世界上有巫術存在呢？」

「其實，我們人類對許多存在自然界的詭異現象不夠了解，我相信還是有許多特異現象，不是單憑我們淺薄知識所能理解的，但畢竟我沒有見過，所以這點現在我無法回答你，不過瑪嘉，你真的認為，這件事和巫術有關嗎？妳也了解本地的巫術嗎？」

「我不敢十分肯定，不過……我還沒向你提過，小時候我曾因體弱而住在外婆家一陣子，我外婆也會一點點巫術，所以我也耳濡目染，學了一點皮毛。不管是單純事件，還是有人在暗中搞鬼想陷害我們，我們都要在危難急迫的時候挺出身來，一同捍衛我們古樓村的百姓生命安全，正文，我這麼說對不對？」

「瑪嘉，妳能這麼想，我實在太高興了。不過，妳有辦法證明，這就是巫術的傑作嗎？若不幸被妳言中，那古樓村民究竟跟誰有如此深仇大恨，使他連小孩與婦女也不放過呢？」

「我不明白本族得罪過任何人，這個倒可以慢慢查，現在最迫切的，就是敵暗我明，我們必須先證明我的推論是否正確，才有辦法『對症下藥』，你們漢人是不是都這麼說的？」

「嗯，沒錯，妳學得很快。很好，不過，妳要怎麼試驗呢？」

「很簡單，『巫術要用巫術破』，傳說中的兩尺多長大黑蜈蚣是否屬實？又是否是為害本村得怪病的禍首？得先設法捉一隻來試驗看看，不就真相大白了嗎？」

「噢，原來如此，好，需要準備什麼東西，設置什麼陷阱，儘管交待，我馬上去辦！」

於是瑪嘉公主立刻叫人準備幾隻大雞，宰殺後，將血水混合泥沙，放入切開的胸腔內，再以泥土將雞身全部埋入土裡，最後裝入一個捕小動物的陷阱裡，裡頭設計一個活結，只要有異物進入，就會觸動機關，封住洞口，令它插翅難飛。

晚上設下數個陷阱，早上一大清早，又有多名同樣病症的病患前來就診，而且人數好像有逐漸增加及集中村內的趨勢，不禁令人更加寢食難安。

突然一陣急促的腳步聲劃破原本應該寧靜祥和的早晨氣氛，原來是阿歷伏大頭目夥同數位年輕勇士收回昨夜外放的陷阱，果然如瑪嘉公主所料，生雞的鮮血味引來了數隻黑色大蜈蚣，每隻真的足足有兩尺多長，而且色澤烏黑亮麗，就像數條小黑蛇一般。

「混蛋，大混蛋，倒底是那個缺德鬼，惡心腸，用這種邪術想陷害我們這個平和的小村落，要是給本頭目逮到，非剝了他的皮不可！」

阿歷伏大頭目氣沖沖地發完牢騷，突然好像想起什事來，於是轉頭問在場的一個長老。

「長老，這……你想會不會是……『暗黑婆婆』搞的鬼呢？」

這位頭髮斑白，滿臉皺紋的長者沉思了一會兒，做出點頭的動作。

阿歷伏大頭目「啪」的一聲站了起來，大喝道：「這個老不死的老巫婆，要不是當年我祖父仁慈，不忍心殺她，將她趕出古樓部落，她今天還有命在嗎？如今不但不知恩報本，還挾機報復，而且針對的都是一些無辜的百姓，真是太可氣了！太可恨了！來人，速傳全族勇士上陣，隨我前去討伐這位老奸賊！」

「等等，這事萬萬不可！」

瑪嘉公主先擋住哥哥的無明怒火，接著剖析大局。

「第一，我們還不能確定這幕後黑手就是暗黑婆婆，如果勞師動眾去捉她，不是給真正的敵人有機可趁嗎？第二，如果真的是她，她既然敢與我們整個部落為敵，那她必然有所準備，我們突兀地攻入，可能會陷入她預設的陷阱之中，未戰先敗；最後一點，也是我最擔心的，就是單憑暗黑婆婆一人，是不敢挑戰全古樓部落的，必有堅實後台及靠山，倘若我們沒有萬全計策，就冒然採取行動，那可能會招致無法彌補的可怕後果，所以大哥您要三思呀！」

眾人經過瑪嘉公主這麼一剖析，果然茅塞頓開，這才全盤了解事態的嚴重性，阿歷伏大頭目恨得牙癢癢的。

「瑪嘉妹妹，妳的話是沒錯，不過總不能老教我們處於挨打的份，連敵人是誰都不知道。咦？我在想，會不會是固以大頭目那個混蛋勾結暗黑婆婆，企圖對付我們，否則我們部落也不曾與人結怨，怎麼會有人想害我們全村呢？」

正當大伙兒覺得有理，卻又提不出證據時，瑪嘉公主把櫻桃小嘴靠向哥哥阿歷伏大頭目耳邊，輕聲說話。

「這點大哥您放心，我們也不全然處於被動狀態，我這裡還有一張王牌，等待會兒人群散去後，我再告訴你和正文，以為對策！」

阿歷伏大頭目聞言大喜，她知道妹妹足智多謀，必有好辦法。

於是馬上遣開眾人，令他們退下以後，與瑪嘉公主及正文三人，在密室內會商大事。

「我早上一大早出門，就是去找固以大頭目身邊的一位得力助手商量，這個人就是前些日子在本村落鬼鬼祟祟的可疑傢伙，經過我一番威脅利誘，還好他還良心未泯，願意全心全意為我們村落效勞，所以我已經請他隨時傳回最新消息，以供我方做為防禦及反擊的參考。」

「瑪嘉，這人可靠嗎？」

阿歷伏大頭目及正文激動地同聲問道。

「完全可靠，我不怕他能耍出什麼花招，因為我握有對他極為不利的重大把柄，所以忠誠度已經不用懷疑。現在最重要的，就是時間緊迫，我們必需要『分頭』進行。」

「好，瑪嘉，既然妳已經有了良策，快說出來給大哥和正文聽聽。」

「我分兩部份來講。第一部分是『巫術』方面，就由我們夫妻倆，結合山地人與平地人的智慧，共同來化解；至於第二部分是『打仗行旅』之事，就由大哥親自指揮調度。我們必須先破暗黑婆婆的巫術，接下來再攻擊固以大頭目的部落，這樣雙管齊下才能有勝算。」

「好，就依妳之計。正文，你有沒有問題呢？」

「大哥您放心，我會全力配合瑪嘉的。」

「好，那咱們就依計行事。大哥、正文，我還有點事待辦，我先告退了。」

瑪嘉公主說完，匆匆離去……

阿歷伏大頭目也正想離開之時，陳正文突然腦中靈光一閃，將他給叫住了。

「大哥，請留步，正文有小事相尋。」

「噢？有什麼事你直說無妨。」

「您的外婆是不是也會巫術呢？」

「噢！你問我這個喔……」

阿歷伏大頭目用力搔了搔腦袋。

「我們大頭目家是世襲的貴族，不學巫術的。在山地部落裡，巫師的地位雖然崇高，卻是不能與大頭目家結婚的，而我舅舅也是別部落的大頭目，我們兩家是大頭目聯姻，所以我外婆應該不會巫術才對！咦，你怎麼突然會這麼問呢？」

「噢，沒別的意思，只是一時好奇而已。好了，咱們還是辦正事要緊。」

就這樣，阿歷伏大頭目也不放在心上地走了，現場只留下詫異萬分的陳正文，心想瑪嘉公主明明向他說過，小時候她曾經跟外婆學過巫術，但阿歷伏大頭目卻說沒有，這……

儘管陳正文內心的一朵疑雲始終未除，但現在屬於危機存亡之秋，也不容他心有旁鶩，於是暫且拋開煩擾思緒，迎向橫逆面前的艱難險阻！

當天夜晚，瑪嘉公主與陳正文細細商量好，佈下天羅地網，準備迎接這些大怪蟲的到來。

果然午夜大約子時一到，一群比先前更大群的黑色蜈蚣再度現身古樓村！

還好瑪嘉公主早已收到拉瓦告的線報，說今晚必有大行動！

果不其然，於是他們先擺出鮮雞肉大餐，以陷阱捕獲不少大怪蟲；再以事先準備好的「蟾蜍陣」對之！

這些蟾蜍一見到天生剋物蜈蚣，集體以尿液圍攻，不一會兒，蜈蚣們立刻陷入一陣翻滾攪動之態，發出了人類聽不到的哀嚎聲，最後一一倒斃身亡，沒有例外。

今晚古樓村大獲全勝，消弭了一場驚世駭俗的大浩劫！

但狠心的敵人是不會就此鬆手的，更可怕的奸計似乎又在蘊釀當中……

＊

「可惡，要不是我的法力來源『巫術盒』不見了，功力減少大半，嘿～嘿～嘿～你們小小的古樓部落恐怕早已大難臨頭了。唉！我這鬼徒弟，死丫頭，法力雖然不高，竟然神機妙算，能破我的『黑背蜈蚣陣』，解救整個古樓村民，真是有一套，不愧是我暗黑婆婆親手調教出來的高徒，哈～哈～哈～不過話說回來，古樓村民們可先別高興太早，你們愈晚喪命，只會給自己帶來愈多的痛苦，給我老婆婆帶來愈多的快樂，嘿～嘿～嘿～你們之前給我帶來的所有屈辱，最近我會一一討回來的，十倍、百倍奉還，咱們走著瞧好了，嘿～嘿～嘿～……」

暗黑婆婆刻意換上一襲古樓族傳統的貴族服飾，彷彿在炫耀昔日曾為貴族一員的榮光，但在華麗的服裝外表下，卻隱含數不清的邪惡心念。

暗黑婆婆言下之意，不僅沒有責怪愛徒瑪娜公主破解她的巫術，與她作對，害她對古樓村的報復計畫失敗了，反而有稱讚她巫術很有一套之意！

但，瑪嘉公主幸運地過得了第一關，還能順利過得了接踵而至的艱難挑戰嗎？她呆呆望著師父最厲害的法寶「巫術盒」，雖然已經落入自己手裡，暗自慶幸還好拉瓦告得手了，等同替自己買了一份附帶成功機會的保險，否則如果與師父真的正面交手，必然一敗塗地，了無勝機！

但一想到即將面對功力深不可測的師父，未知的未來，內心依然一片徬徨與迷惘……

手裡握住姊姊在大武山墜崖前，從頸上拔下來親手交給她的「白色琉璃珠」，珠上佈滿美麗的月亮圖紋，心中暗自禱告，希望姊姊在天之靈能幫助她與正文一起度過難關……

＊

「伊利咕嚕西巴雅，大青蛇啊大青蛇，快快聽從我的呼喚，從幽深的睡夢中醒過來吧，幫我前往古樓村，咬死所有村民，一個都不准留下，快去！」

一條如碗口粗，幾丈長的大青蛇，好像沈睡了好久好久，被暗黑婆婆以咒語這麼一呼喚，才悠悠甦醒過來，朝著空中吐出舌信，同時散發出一股濃郁的黑氣，這條壽命長達百歲的邪惡大蛇，是完全被豢養來攻擊仇人的，不要說被咬到，只要被牠的黑氣一噴到，也是神仙難救的，因此大青蛇一出動，恐怕有許多人要遭殃了！

不過還好又有拉瓦告這個雙面間諜前來通風報信，說這回探聽到暗黑婆婆即將放出最厲害的寵物——大青蛇，這人間恐佈的催命煞星！

瑪嘉公主一收到線報，不敢怠慢，立刻又陷入沈思，師父這回放出豢養中最可怕的對手「大青蛇」，這蟾蜍能剋蜈蚣，那什麼能剋大青蛇呢？

瑪嘉公主來回踱步，左思右想，也想不出所以然，不知不覺漫步到後院，她突然發覺前面有些小騷動，趕緊快步過去瞧瞧。

騷動是來自前幾天捕獲黑蜈蚣的陷阱，她俯身就近一看，乖乖了不得，腦筋突然為之一亮！

「有了！」

瑪嘉公主大喊一聲，她終於在誤打誤撞之下，發現了對付大青蛇的好方法！

事情是這樣子的，由於他們將黑色蜈蚣捉回之時，也不曾留意，隨便一放就了事了，卻正好放在一條小蛇身上，而瑪嘉公主所看到的，正是這些大蜈蚣在圍攻及啃噬活蛇肉的鏡頭，蜈蚣屬陰，卻也是蛇類天敵，若是普通蜈蚣，當然治不了大青蛇，如今有十多條黑色大蜈蚣，這下暗黑婆婆可要被自己所養的害蟲打敗了！

當然，光有十多條黑色大蜈蚣，是殺不死大青蛇的，所以瑪嘉公主立刻命人用黑布剪成蜈蚣模樣，共計一百多條，再混以那十多條真正的大蜈蚣，形成一道堅實的「蜈蚣防護網」，目的只有一個，就是嚇走大青蛇。

於是她命人將所有用具架設在北方入社的唯一道路上，而且為了防止大青蛇不走他們所精設的圈套，也捉來蛇類最愛吃的肥田鼠、胖青蛙，用叫聲吸引牠過來，以防萬一。

又是午夜時分，繁星皆隱，一輪慘淡明月高掛天際，綻放出模糊而朦朧的光芒，在地面上投射出暗淡的幽淒陰影，加上微風輕拂，虛影斜晃，被樹木阻擋月光的地方更加伸手不見五指，也為原本淒厲的氣氛，多蒙上一股驚悚恐怖的神祕色彩。

「沙～沙～沙～」

果然在不遠處的地面傳來急切的聲音，近身一看，是一條巨大的青蛇，雙眼在漆黑的夜空下，閃耀出紅色的異樣光芒，好像會勾人心魄一般，正尋著蛙鳴鼠叫聲前來，彷彿好久沒吃過東西似的，正想飽餐一頓。

或許此乃天意，暗黑婆婆的如意算盤，是等大青蛇執行完任務以後，再餵飽食物，否則蛇類習性，只要一吃飽，就會找地方躺下來好好休息，消化食物，一定要等食物完全消化完畢以後，才會再出來覓食，而消化時間可能長達數星期，甚至個把月，因此如同訓練其他動物一樣，也是以食物來引誘牠，才能進而控制牠。

如今被瑪嘉公主巧設的「食物陣」先引來，再加上「蜈蚣防護網」侍候，使得飽餐後的大青蛇，一見到「黑背蜈蚣陣」，以為天敵現身，嚇得逃之夭夭，一溜煙不見了，哪有時間再去害人！

暗黑婆婆的第二道詭計再度失敗了！

原本托大的她，這時也得靜下心來，心想瑪娜公主這死丫頭這次是來真的，看來做師父的也不能馬虎才行，於是下定決心，上兩回就當作是熱身賽好了，這回可得使出真正的看家本領，不能再丟巫術的臉了。

恐怖而且毫無人性的暗黑婆婆，終於要亮出最後一張王牌，一張不是你死，就是我亡的玩命把戲，而這個絕招，正是瑪娜公主自從學習巫術以來，最害怕也最驚惶的「集體殺人法術」！

暗黑婆婆的最拿手絕招，喚名「惡靈收魂術」，是一種十分厲害又威力驚人的巫術，它能以自己所培養的惡靈，去招喚鄰近地區的惡靈，最後集體攻擊整個人家或村落，中招者不僅死狀悽慘，而且靈魂也會被收編入暗黑婆婆所培養的新一批惡靈之中，所以會有愈來愈多的惡靈供其趨策，威力也逐漸增加，是一種地下巫術裡，公認最強的法術，傳說至今並沒有破解之道！

由於此類巫術太過陰毒，不能經常使用，是會折壽的，不過已瞎眼的暗黑婆婆垂垂老矣，也顧不了這麼多，反正若折壽而亡，至少也得有人陪葬，可謂心狠手辣至極！

瑪嘉公主從來不曾見過師父使用過這部絕招，只是聽說過，當然也不知道破解之道。她知道事情的嚴重性，所以在拉瓦告傳來消息以後，茶不思，飯不想，苦思破解方法，竟然毫無頭緒，只得留下字條給丈夫陳正文及大哥阿歷伏大頭目，然後匆匆離家而去，親自去找她的師父商量，看能不能聽她勸，不要再傷害無辜！

她也懷著最壞打算，反正固以大頭目要的人是她，如果犧牲她一個人，可以救活全古樓部落性命的話，她也願意犧牲，此際的瑪娜公主心暖如天使一般，再無掛礙。

於是她暗中拋下親人及族人，往這個古樓族百年來視為禁地，也是被當作最恐怖、最黑暗，由暗黑婆婆盤據為后的暗黑森林，暗黑小木屋而來！

*

「咚～咚～咚～」

「是誰？拉瓦告，是你嗎？門沒關，自己進來，並且快給老婆婆死過來！這幾天我終於想通了，一定是你勾結外人，否則怎麼我那個心愛的死丫頭，老是能安然破解我的法術，一定是你洩露消息的，對不對？咦！你平常不是最多話，最會逗我老人家開心，今天怎麼變成啞巴了！」

「師……父，是我，瑪娜！」

「什麼，妳……妳是我那個心愛的死丫頭，瑪娜，妳……我……」

身處漆黑之中，不知暗黑婆婆是喜，是悲，還是怒，一向沈穩內斂的她，語氣中竟然帶有哽咽！

「妳……妳回來幹什麼，妳還記得我是妳師父嗎？」

「師父……求求您老人家，您可以罵我，可以打我，就是不能不要瑪娜呀！」

瑪娜公主雙膝「咚」的一聲跪下，也抽抽噎噎地哭了起來，彷彿是一位年輕時意氣用事的小孩，不聽勸，負氣離家出走，等到年紀大了以後，又回家請求父母原諒的那種心情，是既愧疚滿面，又不捨親情，真心懇求你可以打他，可以罵他，就是不能不要她的矛盾複雜心情，真是筆墨難以形容……

瑪娜公主的淚水沒有白流，沒有子嗣的暗黑婆婆，從小就捨不得罵她，打她，全古樓部落裡，也只有她願意不離不棄，與一個人人表面害怕，背後卻鄙視的人交往，使得原本形同坐監的暗黑婆婆，有了天真的歡笑聲及撒嬌聲，讓原本冷酷無情，如同魔鬼世界的暗黑森林，放出和煦又溫暖的陽光，也讓這間充滿霉味的暗黑小屋，滿室芳香，所以暗黑婆婆早就視她比自己親生女兒還親，怎麼還狠得下心來罵她，甚至出手打她呢？

聽出瑪娜公主是跪著爬到她站立的地方時，暗黑婆婆的心也跟著碎了，捨不得讓徒弟活受罪，何況聽說她這幾年來日子也不好過。

暗黑婆婆一改平日冷淡及嚴肅的語氣與表情，一把扶起瑪娜公主，叫她坐下，並自己摸索著椅子，再緩緩靠在旁邊坐了下來，並溫情地說：「回來就好，回來就好，別老是跪著，腳腳會疼疼的，小娜娜，妳最近過得好不好？」

從一位心如蛇蝎的女人口中，竟然發出如此仁慈親和的話語，實在讓人做夢也聯想不起來，講話的人，似乎是童心未泯的老婆婆，竟然也是即將罪業滿貫的大魔頭！

暗黑婆婆邊說，邊用她那粗糙得不能再粗糙，瘦弱得不能再瘦弱的雙手，輕輕地撫摸著瑪娜公主的美麗臉龐，好像被慈母用操勞過度，卻溫暖無比的雙手撫觸一般，這讓從小就缺乏母愛的瑪娜公主得到暫時的親情慰藉！

「師父，您……您的眼睛怎麼了？」

「唉！師父老了，眼睛也不中用，前陣子就失明了！」

暗黑婆婆不忍心說出，是自己想用回魂術召回瑪娜公主的魂魄，卻不小心勾到了瑪嘉公主的神魄，為其聖光所傷，因為她擔心瑪娜公主會為此內疚，所以索性隱瞞事實真相，不讓她受到任何傷害！

「師父，瑪娜能不能求您老人家答應我一件事？」

「什麼事，妳儘管說吧！只要師父辦得到的，一定都會答應妳的！」

「師父，瑪娜能不能求求您，放棄復仇之心，活出光明之路！」

「瑪娜，妳聽師父說，師父什麼都可以答應妳，唯獨這項不可以！」暗黑婆婆語氣堅定地說。

「妳也知道的，妳的族人以前是如何對待我的，我也曾是古樓族的貴族子弟，只不過是學點他們不懂的小法術，又不曾害過人，他們偏偏容不下我，把我逼出部落，讓我過著非人的生活，更視我為怪物、魔鬼，葬送我的青春年華，我忍辱負重數十年，等的就是這一天，今天，我非得好好加倍償還他們不可！」

師父堅決難動的心意，瑪娜公主滿臉憂戚，她知道師父是那種說得出，就做得到的人，也不知該如何勸慰，因為畢竟是古樓村的族人先對不起她，這死結，恐怕不是那麼容易解開，看來，只能旁敲側擊了！

「師父，您要不要聽瑪娜說故事呢？」

「要，當然要，只要瑪娜不再勸師父放棄復仇的事，其他師父什麼都願意聽！」

瑪娜公主握住師父暗黑婆婆蒼老的雙手，將她如何陷害姊姊，奪取正文的愛，及如何騙過眾人，反串姊姊角色，最後才良心發現，心甘情願地扮起姊姊身分的事情，一五一十，詳詳細細地向師父暗黑婆婆陳述一遍。

暗黑婆婆起先還十分注意傾聽，但聽到最後，忽然「霍」地站了起來，掙脫瑪娜公主溫暖如春陽的雙手，堅決地反過身去，背對著瑪娜公主！

瑪娜公主嚇了一大跳，直呼：「師父，您……」

「瑪娜，如果師父害死了妳的所有的親人及族人，妳還會認我這個師父嗎？唉～妳……畢竟已經不是我的小娜娜了……」

「師父，我……」

瑪娜公主知道師父為了復仇，甚至連她也可能不要，才會不想認她了，於是雙膝再度跪下，溫情肯求。

「師父，我不要您老人家傷心，卻也不願見到我的至親喪命，師父……瑪娜求求您，這樣好了，不如讓我來代替古樓族人償命。師父，您殺了我吧！或者我當場自行了斷，如果這樣能讓您內心好過一點的話，請您選擇吧！」

「瑪娜，妳……妳不要逼師父！」

「好，既然師父不忍心動手，那瑪娜就自行了結好了……」

瑪娜公主話一說完，將早已藏身的匕首用力抽出，對著自己的心臟，狠心正要刺入，暗黑婆婆突然反過身來，急促地想捉住她的手制止，因為眼睛看不到，一把捉住匕刃，一時雙掌裂開，血流如注！

瑪娜公主一見不得了了，趕緊撕下自己的衣角，為師父包紮傷口，還好傷口不深，不過也流了地面一大灘血水。

「瑪娜，妳不要再逼師父好不好，師父寧可為妳而死，也不願看到妳受苦，但這事與妳無關，求求妳，不要再逼師父了好不好？」

暗黑婆婆此時的聲音顯得蒼老許多，也變得沒那麼堅決了，她也知道，她心中的小瑪娜公主已經變了，變成一位她覺得那麼親近，卻感覺很遙遠的人……

人，隨著時光的流逝，真的都會改變嗎？

變好的瑪娜公主，就像她死去的姊姊一樣，心地光明聖潔；而暗黑婆婆自己，卻有一顆充滿復仇，骯髒的心，相較之下，是多麼可怕呀！

暗黑婆婆不敢再想下去，因為感情用事是會影響她的判斷力，她想復仇，就必須堅持下去才行。

＊

「這裡，就是這裡了，瑪嘉，哥哥及正文來救妳了，妳放心，這個老巫婆要敢傷害妳半根汗毛，我阿歷伏大頭目發誓要她百倍千倍償還！」

阿歷伏大頭目及陳正文一行人已經火速趕到現場，發現屋門未鎖，也顧不得安危，立刻衝了進去。

一進到屋內，滿是刺鼻腥味，在昏暗的燭火下，竟然發現瑪嘉公主站立的地方有一小灘血水，一時心急，阿歷伏大頭目大叫出聲。

「不得了了，瑪嘉公主受傷了，妳這老巫婆在哪裡，本頭目要跟妳拚命了！」

「大哥，我沒事，不是我受傷，是……是這位老婆婆，妳先不要過來！」

「啊？妳沒有受傷，好險！好險！那妳為什麼不走過來，是不是這老巫婆挾持妳，控制妳的行動。可惡，要讓我逮到，非剝了妳的老皮不可！老巫婆，我勸妳趕快放了我妹妹，否則我可要衝過去把妳砍為兩截了！」

「大哥，我沒事的，你別過來，我求求你不要傷害這位……這位老婆婆，她不會傷害我的，她對瑪……嘉很好，很好，你要先答應我不傷害她，我才要過去！」

「不行，這惡婆婆害慘了我古樓部落百姓，身為大頭目的我，有義務幫他們出出氣，報報仇，妳趕快過來，站在那邊危險！好吧，等妳過來大哥這邊，我們再好好商量好了！」

「不得了了，大頭目，屋子著火了！」

「混蛋，是誰那麼大膽，沒有我的命令就燒起房子來，是想連我也一起燒死嗎？真是大混蛋！瑪嘉公主，聽大哥的話，快點過來。喂！火愈來愈大了，外面的人快想辦法救一下，其他人沒事先到外面等，快點！」

「瑪……嘉，妳，還是快些過去吧！老婆婆答應妳，以後絕對不會再傷害任何人了，不過，老婆婆也要謝謝妳，感謝妳願意跟我這麼個廢人說這麼多話，分享這麼精采的故事，老婆婆已經死而無憾了！火愈來愈大，這裡危險，妳回到哥哥及丈夫身邊吧！」

「不……」

瑪嘉公主「不」字還沒講完，由於這是間木造老屋子，外面風又大，發起火來，真的是一發不可收拾！

外面阿歷伏大頭目所帶來的手下，一時又找不到這麼多水救火，於是眾人立刻陷入一片火海裡，使得原已腐朽的屋子中樑，突然斷為兩截，塌陷下來！

大伙兒一見不得了了，因為這斷裂的中樑，不偏不倚，正好即將落在瑪嘉公主的頭頂上！

「啊！」

眾人跟著慘叫一聲，瑪嘉公主發覺身後突然有一股大力往前推她，並同時傳來一聲……

「瑪……嘉，永別了！」

原來雙眼雖瞎，聽力卻奇佳的暗黑婆婆，一聽瑪娜公主上方屋樑斷裂的聲音，立刻用盡全身力氣將她推出，相反的，自己則因後仰之力而投入熾烈的火海之中……

陳正文一見不得了了，她聽出瑪嘉公主為了某種原因，顯然不願意這位兇惡婆婆死，雖然他不知道為什麼，但他了解妻子之所以這麼做，一定有她的道理，況且這位暗黑婆婆竟然在最危急的時候，不顧自己的性命安危，反將瑪嘉公主的身體推離火海，內心感佩不已！

陳正文身體一扭，飛身用力一跳，速度竟然比斷樑更快，腳一落地，便以右手攬住瑪嘉公主的纖腰，左手也捉住了暗黑婆婆的一隻手，正想同時拉動兩人，突然覺得暗黑婆婆手腕一陣滑溜，故意鬆開陳正文緊握想救她逃離火海的右手！

陳正文一手撈空，只得先將瑪嘉公主救出，但身體一經後撤，前面已是一片火海，當然，一代地下巫師暗黑婆婆，臨死前終於悔悟，讓火舌滌淨她身上的污穢！

「老婆婆……」

瑪嘉公主知道師父一則為了救她，二則不願看她太過為難，才自行投身火窟，結束這一道難解的習題。

陳正文看著淚流滿面的瑪嘉公主，內心也是一陣酸楚，突然發覺左手上好像握有一件物品，於是攤手一看，是暗黑婆婆鬆手前被他不經意扯下的一片衣角，於是他扶住悲痛欲絕的愛妻逃離火場，並將手中唯一的衣角交給瑪嘉公主。

瑪嘉公主望著師父留給她唯一的遺物，發了一陣呆，才小心翼翼地收好，用感激的眼神回望正文。

陳正文也沒說什麼，一把將瑪嘉公主摟入懷裡，並暗自祈禱，無論如何，希望他們夫妻倆的惡運，隨著眼前的無情火，一把燒盡、燒滅，讓他們小小的卑微請求得以實現，像正常人一般，過著平靜安祥的生活。

五、古樓煙雲

等大伙兒回到古樓部落，前方人員雜沓，人聲喧擾。

阿歷伏大頭目排開眾人，向前走去，看到地上跪著兩個人，一個是筏律部落的固以大頭目，一個是他的狗頭軍師拉瓦告，四周則圍滿了筏律部落長老及勇士們。

阿歷伏大頭目搔了搔頭，大覺奇怪，這筏律部落及古樓部落不是正準備要血腥火拼嗎？怎如今成了這等場面！

「阿歷伏大頭目來了，大家快讓開！」

「這到底發生了什麼事？」

「筏律部落長老代表巴查克，參見阿歷伏大頭目！」

「好了，長老不用多禮，你們這……這陣仗，到底是什麼意思呢？」

「回大頭目，我部落素來以和平、好客見稱，但自從固以大頭目掌權以來，屢有挑釁其他部落的小動作，我等輔政長老也都睜一隻眼，閉一隻眼對待。」

「不料最近為了『古樓真假公主』事件，鬧得不可開交，不僅想讓我部落勇士涉無意義之險，與素來親善的古樓部落發生征戰，還暗中勾結最為排灣族不恥的老巫婆暗黑婆婆，想消滅古樓部落，並扶助暗黑婆婆掌權，以進行可怕的黑暗統治。如果真的成為事實，那恐怕未來連我筏律部落也將惡運難逃。」

「因此在我們逼問大頭目的身邊參謀拉瓦告以後，才揭發了這場恐怖的陰謀，我們長老群議決先自行處置，將這兩位筏律部落的叛徒綁了起來，親手交給古樓部落的阿歷伏大頭目處置，你們古樓部落要如何議處他們兩人，悉聽尊便，我筏律部落不再過問。」

「噢，哈～哈～哈～居然有這等好事發生，看來幸運女神終於站在我們這邊，那可省事多了，待我將這兩個陰謀者處決之後，咱們筏律部落與古樓部落，就跟以前一樣，又是好弟兄，好朋友了！」

「求求你們，不要殺我，我知道錯了，我承認我因愛生妒，才會想出這麼惡毒的奸謀，不過我只想要回我的瑪娜公主，並沒有要消滅古樓部落的意思，那全都是暗黑婆婆自己一個人的意見，而且暗黑婆婆的所做所為，也不是我個人所能控制的，所以也不能把所有罪責全部怪到我一人頭上，我雖有錯，應不致於死，求求你們原諒我，放我一條生路吧！」

固以大頭目在知道阿歷伏大頭目想殺他時，立刻低聲下氣地極力哀求，完全忘了原本當大頭目的威儀神態，那副不可一世的尊容！

「大哥，能否先讓我說兩句，再做議處。」

阿歷伏大頭目見妹妹瑪嘉公主開了金口，心想她點子最多，有意見當然最好，於是點了點頭，示意她說下去。

瑪嘉公主走到固以大頭目面前，對著他語氣溫柔又平和地說道：「固以大頭目，我知道你很愛我妹妹，但請你看清楚，我是瑪嘉公主，不是瑪娜公主。妹妹的倩魂早逝，不僅你很悲傷，我們大家也很難過，但人死不能復生，希望你能澈底忘了她，天下好女孩多的是，你還年輕，希望你能重新振作起來，不要再痴迷下去了！」

「謝謝妳，瑪嘉公主，我現在才澈底相信，妳就是瑪嘉公主。以前都是我不好，一直不願意相信這個事實，還自欺欺人，騙自己妳就是瑪娜公主，我現在自己承認錯了，求求妳勸勸大家，放我一條生路，只要不殺我，叫我做牛做馬都行，求求妳了……」

「大哥，我看他既有悔意，就原諒他吧！不如將他流放外地，永遠不准回來，這麼做對兩部落都好，你說好不好？」

「行，這個處置我同意，巴查克長老，你的意見如何？」

「如果你們願意以不殺害人命收場，我筏律部落自然樂觀其成，沒有異議！」

「對，謝謝你們不殺之恩，謝謝瑪嘉公主，謝謝阿歷伏大頭目，你們的大恩大德，我固以永生難忘，我一定會痛改前非，重新做人的！」

「好，來人，替固以大頭目鬆綁，並派勇士將他送出古樓部落及筏律部落兩地界，永遠不准回來！」

「是，大頭目！」

正當阿歷伏大頭目的手下勇士為固以大頭目鬆綁時，心狹氣窄的固以大頭目怎麼可能痛改前非呢？他之所以騙取大家的同情，無非是想趁為他鬆綁之時，行不軌之舉！

他恨！恨今日所受的恥辱，都是為了瑪娜公主。

現在到了這般田地，管她是瑪娜公主，或是瑪嘉公主，只要是他想愛的人，自己得不到手，別人也別想佔有，與其得不到，就不如將她毀了，大不了來個同歸於盡，反正他這個大頭目已經當不成了，於是歹計又生……

當繩子一經割斷，他緩緩起身，突然從身旁拉瓦告的腰際抽出一把藏身匕首，惡狠狠地筆直朝身邊不遠處的瑪嘉公主奮力刺了過來，以圖一刺斃命。

固以大頭目的行動實在太快，距離瑪嘉公主又近，眾人如同被電電到一般，只能眼睜睜地看著固以大頭目在大家面前逞兇，卻完全無法拖以援手搭救！

正當千鈞一髮之際，突然天外飛來一腳，是陳正文的及時飛腿，他早在瑪嘉公主與固以大頭目講話之際，就已經欺身兩人中間，暗自提防，因此才能在第一時間內踢倒固以大頭目，救回瑪嘉公主的性命。

固以大頭目連人帶刀飛了出去，正好刀落之處，刀刃朝上，自己的心臟又正好迎了上去，一代梟雄固以大頭目，為了愛瑪娜公主不擇手段，最後還是慘死在自己的刀下！

眾人一見固以大頭目身亡，都鬆了一口氣。

阿歷伏大頭目不由得震怒起來，大聲罵了出來。

「混蛋就是混蛋，死性不改，我們都原諒他了，他還想趁機害人，我看你（手指跪在地上的拉瓦告）也一樣，狼狽為奸，同一個鼻孔出氣，還借刀給他，顯然早有預謀，讓我先砍了你，看你還會不會作怪！」

「啊！大頭目，等等呀！我真的不知道他會偷我的刀行兇，這事完全跟我無關，請您手下留情，可別真的殺我啊！」

「死到臨頭，還想狡辯，下地獄再跟祖靈懺悔吧！」

阿歷伏大頭目怒氣沖沖，將所有憤怒全數發洩到拉瓦告身上，可憐兩面不是人的拉瓦告，這下活該倒大楣了！

「等等，大哥，請手下留情，再聽小妹一言。」

驚魂甫定的瑪嘉公主，見到阿歷伏大頭目想拿拉瓦告出氣，即時勸退。

「不行，剛才就是大哥心太軟，才導致妳差點受到傷害，大哥不能再讓妳涉險了，對付這種奸賊，你不比他狠，他是會隨時想辦法算計妳，陷害妳的，而且防不勝防，乾脆現在一刀解決，比較省事，拉瓦告，你覺悟吧！」

正當阿歷伏大頭目的彎刀發出亮麗的閃光，快要砍落，瑪嘉公主竟然顧不得危險，奔了過去，以身體護住拉瓦告！

「大哥，你快別錯殺好人，你不僅不能殺他，古樓部落全員上下，還得感激他呢！」

「啊？有這種事！」

瑪嘉公主這才明白說出，原來她暗中佈下的筏律部落眼線，就是拉瓦告，就是有他的通風報信，古樓部落才得以對抗暗黑婆婆及固以大頭目的奸謀詭計，所以拉瓦告不僅是瑪嘉公主一家人的恩人，更是古樓全部落的大恩人呢！

拉瓦告時來運轉，從狼狽為奸，可能被殺的絕境，到成為古樓部落的大英雄，好勇士，這種不尋常的遭遇，就好像在洗三溫暖一樣，忽冷忽熱的，洗的時候十分痛苦，但洗完以後，全身舒暢，如神似仙一般，飄飄然……

拉瓦告終於否極泰來，當然，促成他改運的人，正是他這輩子最怕的瑪娜公主！

從此，古樓部落又恢復了昔日的平靜安寧。

「這故事好不好聽？」

佳玲與佳琳老師同時用溫柔的眼光望著子平老師，好像渴望孩子說出肯定話語的母親，慌得正在吃東西的子平老師差點噎住。

「嗯～好聽！嗯～好吃！嗯～啊?!……糟了！」子平老師突然大叫：「對不起，我……我把午餐全部吃光了！」

「嘻～沒關係，我還有帶飯後水果呢！」佳玲老師笑著說。

「哈～沒問題，我也有帶飯後甜點呢！」佳琳老師也笑著說。

「噢～還好，佳玲老師與佳琳老師，妳們真的是體貼過人，否則我真是罪過大矣！實在是因為故事太好聽了，午餐又太好吃了，我才會在不知不覺中，竟然……竟然……真是不好意思！」

「沒關係，反正我本來也不餓，看你吃得津津有味的，才是我們的最大成就呢！」佳玲老師說。

「對呀，你要是敢剩下來一絲一毫，浪費食物，小心我的魔法喔！」佳琳老師邊說邊伸出蔥蔥玉指，做出搔癢模樣。

子平老師嚇得想要逃走，被佳玲老師一把捉住，好像突然想到什麼似的，伸手往背包掏去。

「對了，我差點忘了，這是我跟佳琳商量好的結果，來，這個給你！」佳玲老師神祕兮兮地說。

她從隨身背包內慎重其事地拿出一本小冊子，並將層層包裹緩步打開，泛黃的摺頁下，閃晃黑色方塊字的光芒，沒錯，是一本古書，一本全是用漢人毛筆小楷寫成的小冊子。

「啊！真是不好意思，妳們陪我出來玩，又請我吃東西，現在又要送我見面小禮物！而我呢？兩手空空，無以回報，真的很不好意思呢！」

「傻瓜，看清楚，這不是什麼見面小禮物，而是我正文爺爺親自撰寫的真實故事呢？」佳琳老師說。

子平老師馬上露出訝異的表情，原來是自己會錯意了！

子平老師雙手恭敬地將古書接了過來，朝標題一看，出現了四個漂亮的楷書毛筆字體——「古樓公主」！

「我爺爺為了怕日後真相曝光，對老奶奶瑪娜公主造成傷害，於是將瑪娜公主下半輩子，就是我講述的故事，原原本本地寫了下來，以茲佐證，證明改過遷善的瑪娜公主，其實就和姊姊瑪嘉公主生前一樣，擁有一顆純潔無瑕的心，為古樓部落竭心盡力，立下不少不求回報的大功勞，希望大家以後，千萬不要再以異樣的眼光來看待她了！」佳玲老師感嘆地說。

「哇，妳正文爺爺真是體貼，他明知自己的妻子瑪嘉公主已經遇害，而是妹妹瑪娜公主冒充她，還處處為妳瑪娜奶奶著想，這種胸襟及氣度，真是不凡，我李子平一生中最欽佩這種人，恨不得自己也是這種人，在此向他致上最大敬意！」

甫說完，子平老師神情肅穆，雙手合掌，向著遠方的虛空誠心祝禱，態度十分虔誠，看得佳玲與佳琳老師感動莫名，跟著濕了眼眶！

子平老師剛做完動作，微微睜開雙眼，卻見二位老師痴痴地望著自己，他立刻反射地伏低身體，紅著臉龐。

「我……我可是出自真心誠意的，不是因為吃了妳們的好吃的午餐，才回禮這樣做的！」

「我知道，正文爺爺特別交待我，等待機會把這本小冊子交給有緣人。我知道你在課餘有寫小說的好習慣，而且又對我們排灣族感興趣，或許，你就是正文爺爺所說的有緣人吧！或許，這也是寫作的最佳材料呢！」佳玲老師語重心長地說。

「對呀，現在，我們就正式把它送給你，希望日後你妥善運用，好好發揮專長喔！」佳琳老師也同意地說。

「啊？這……我……我的文筆普通，創意尚可，寫作純屬興趣，不敢稱呼專長，說真的，投稿到現在還沒成功過呢！妳們要把這重責大任委託給我，我只怕能力不及，實在受當不起啊！」

「嘻～嘻～你放心，又沒叫你一定要出書，我們只希望能當作你創作時的材料呢！」佳玲老師說。

「嗯，至於怎麼去運用，悉聽尊便，反正我們還有影印本存放呢！」佳琳老師說。

「噢！原來如此，那我就放心多了。好，能力所及，一定全力以赴。我先借來看看好了，等我創作完成，改天再原物奉還！」

就這樣，子平老師小心翼翼地將「古樓公主」原稿收好，看著時間也到下午了，三人才離情依依地向涼山瀑布道別，這個他們三人初次約會的地方，也是佳玲與佳琳老師的正文爺爺與瑪嘉奶奶初戀的相思地。

第二天，佳玲與佳琳老師的老奶奶說晚上要請子平老師吃飯，子平老師不知道為什麼，發覺老奶奶對他好像有種異樣的感覺，就好像是自己死去已久的外婆一樣，只要一看到慈藹親和的她，就會讓他回想起自己小時候，外婆給他的親切難忘回憶……

（佳玲與佳琳老師家裡）

最後一天的祭典儀式子平老師也來參加。

佳玲與佳琳老師的老奶奶在二位姊妹的攙扶下，緩緩地走了進來，佳琳還趁機向老實的子平老師擠眉弄眼，慌得子平老師不知所措！

老奶奶卻臉現憂戚之色，在三人的細問之下，才知道這祈禱箱少了兩顆古琉璃珠，一顆是太陽珠，一顆是月亮珠，都是彌足珍貴的古代寶物，已經遺失很久了，原本以為可以用現代版的琉璃珠代替，無奈祖靈們不答應，非得原物重現，這場祭典才算圓滿，這可苦了老奶奶了。

子平老師二話不說，立刻從口袋裡掏出那顆古太陽珠，並說明來歷，聽得老奶奶臉色由青轉紅，因為子平老師從家裡小男生「路娃」得到的太陽古琉璃珠，正與排灣族創世神話的那對兄妹的哥哥同名，想不到巫術盒上的小靈已經與祖靈合而為一，而子平老師就是「路娃」指定的接班人。

說著說著，佳玲老師和佳琳老師也同時從皮包裡各拿出半顆古月亮珠，旋轉螺紋一經組合，立刻變成一顆完整的珠子，她們說也是前幾天奶奶作法時，同時從一位小女生身上得到的，而那名小女生正好也與創世神話的妹妹「鳩舞」同名，她們同樣也是祖靈指定的接班人。

老奶奶開心極了，不只是法會有希望圓滿結束，連小靈都能與祖靈融為一體，也正是她將巫術盒改成祈禱箱的最大用意。

三人得到的分別是屬於太陽與月亮的古琉璃珠，就跟當時佳玲老師的正文爺爺與瑪嘉奶奶從祖靈處得到的古琉璃珠如出一轍，可惜後來兩顆古琉璃珠都失落了，如今又重新找到，並且緣自其施法用的巫術盒，證明她多年來孜孜不息的努力終於獲得上天的肯定，也暗自慶幸孫女們無形中也找到了未來人生最重要的伴侶。

「子平，你暫時陪著我奶奶，我們先去廚房忙了！」

儀式圓滿結束後，佳玲與佳琳老師一同對子平老師說，並連袂進廚房準備餐點。

「好，佳玲、佳琳，沒問題！」子平老師毫不考慮，一口答應。

兩姊妹走後，由於言語不通，子平老師與老奶奶兩人無法交談，但子平老師覺得老奶奶一雙眼睛老盯著他瞧，他被看得實在有些不好意思，於是低著頭，紅著臉，在那裡玩弄手指頭，突然聽到有人用河洛話問他：「你叫子平，是不是？」

「是的，我叫子平。」

子平老師發覺有人正在問他，禮貌起見，趕緊尋聲抬頭張望，不敢怠慢！

「咦?!……」

這偌大的客廳內，除了他與老奶奶二人在場以外，並沒有別人啊，怎麼會有人用河洛話問他呢？

「啊！」難道是——「老奶奶」！

「是我在問你，你是不是覺得很奇怪，我怎麼會說河洛話呢？其實道理很簡單，你正文爺爺不也是河洛人嗎？」

「噢，對了，我真笨，原來如此！」

「唉～你雖然長得跟你正文爺爺不像，但是氣質風度像極了，每次看到你，就好像看到你年輕的正文爺爺一樣，年輕真好啊！對了，你可以陪我去一個地方嗎？」

子平老師見行動有點不便的老奶奶，連爬起身來都有些吃力，趕緊走過去攙扶住她，依她所指的方向緩緩走去，原來是要回到老奶奶自己的寢室內。

子平老師扶著老奶奶坐在床緣以後，老奶奶才慢慢地拿出一口非常古老的皮箱，慢慢地打開，慢慢地找，時光彷彿也「慢慢」的停滯了！

最後從皮箱最底層，找出一本與佳玲老師給他看的那本小冊子十分相近的書冊！

子平老師非常好奇，但也不敢打斷老奶奶的動作，只陪在一旁靜靜地守候。

「來，子平，這一本書送給你！」

子平老師不敢違拗，雙手恭敬地接了過來，一看，嚇了一大跳，這上面也是全用毛筆小楷寫成的，也標著「古樓公主」四個大字，只是字體比較娟秀，顯然是出自女孩子家手筆！

「這……」

子平老師不知道該如何發問，只聽老奶奶娓娓道來。

「子平，我先問你，從你的表情看來，你應該看過下冊了吧！」

「啊……下冊！老奶奶的意思是……」

「果然沒錯，原來佳玲與佳琳已經找到有緣人了，看來我們祖孫的看法完全相同呢！哈～哈～其實，她們給妳看的，是你正文爺爺為了保護你眼前這位老奶奶，就是我，所用心良苦寫的，所以我稱它為『下冊』；而我現在給你的這一本，完全是我自己寫的，與我上次跟你講過的故事大同小異，所以我稱它為『上冊』。」

「你正文爺爺一直以為我不知道他已經知道我的真實身份，其實，我早就知道了；其實，我的家人也都知道了。漢人的俗語說的好：『紙包不住火。』他們大家一直不願意提起這件陳年往事，就是怕傷害了我，而我也知道他們的用心良苦，也只好繼續假裝下去！唉～一個人經常因為一念之差，而鑄下無法彌補的錯誤，你眼前的老奶奶，就是這樣子啊！」

「老奶奶，其實據我所知，您的家人們不但不會怪您老人家，反而讚佩您老人家多年來為古樓部落盡心盡力的表現，『人非聖賢，孰能無過，知錯能改，善莫大焉』，我相信大家早就原諒您了，您也不用太過自責！」

「唉～老奶奶我活了這一大把年紀，大家又對我這麼好，我也沒有什麼好遺憾了。不過，老奶奶對你有兩個願望，不知道你願不願意幫我老人家達成！」

「噢？老奶奶有什麼願望只管說出，只要子平辦得到的，一定盡全力照辦。」

「好～好～其實也不難，老奶奶希望你先幫我保守『古樓公主上冊』這個祕密，因為我擔心萬一真相提早曝光，會造成大家的困擾，甚至傷害，所以你若想以此為寫作的參考，答應我，等我死後，才公諸於世好嗎？」

「這個沒問題，我一定照老奶奶的意思去做！那第二件願望呢？」

「老奶奶先問你一個問題，你對我們佳玲與佳琳兩姊妹的印象如何？」

「姊姊佳玲溫柔嫻雅，有一顆像月亮一樣溫柔與包容的心；妹妹佳琳活潑大方，有一顆像太陽一般熱情與活力的心。二人都是難得一見的好女孩！」

「嗯，你觀察的很仔細。唉～我也老了，自知在世時日無多，我希望日後你能替我多照顧照顧她們二人，因為我知道她們姊妹倆都對你印象很好呢！她們姊妹倆真的都有一顆明潔善良的心，這一點我可以用祖靈之名起誓，向你保證，跟我年輕時候的姊姊瑪嘉公主一模一樣，未來都會是不錯的好妻子。你大可不用擔心她們會像我年輕時的個性一樣可怕喔，對不對？」

「對～啊！不對啦！其實現在的老奶奶我也好喜歡，就好像我已經過逝多年的外婆一樣親切，我每次看到您就覺得看到自己的外婆呢！只是……我是很喜歡她們，不過……不過不知道她們喜不喜歡我呢？」

「哈～哈～哈～你正文爺爺年輕時也跟你一模一樣，連結婚以後，即使有了小孩，有時我反握住他的手時，他還會臉紅心跳呢！我老實告訴你，佳玲與佳琳要是不喜歡你，就是你用十人大轎來抬她們，她們也不會理你的！看她們早上高興的做著三明治及用心準備午餐，那種期待約會的心情，老奶奶是過來人，是不會看錯的，看來，我的二位孫子真的長大了，哈～哈～」

「噢！噢！奶奶是不是背著佳玲與佳琳，在偷講我們的壞話呢！嘻～嘻～」

「哪有？奶奶都在講妳們的好話，子平，你說是不是？」

「啊？我這……」

看到佳玲與佳琳老師同時出現，子平老師的結巴病又發作了！

「哈～哈～哈～……」四人相視大笑。

隨著眾人的歡笑聲飄盪在這充滿暖意的房子裡，子平老師內心更加篤定，有朝一日，一定要還會「巫術」的瑪娜奶奶一個清白，讓其他古樓部落的人不再對她產生誤解。

其實「巫術」說穿了，就像刀子一般，一體兩面，能夠幫人解決生活問題，造福人群；卻也能夠成為凶器，傷害人命。好與壞，利與弊，端看使用者的良知心性了。

懂得巫術的瑪娜奶奶，是將它用在幫助部落的好用途上，是應該受到尊敬，而不是畏懼的，人們不能因為不了解，就害怕、逃避、甚至誤解它，應該秉持客觀的態度去面對它、理解它，不是嗎？

子平老師同時也想將這篇充滿愛、恨、情、仇的愛情故事，這過去發生在古樓部落，如今卻罕為人知的曠世戀曲，透過拙筆愚思整理出來，以供後人憑弔追思！

後記

三年後，佳玲與佳琳老師的老奶奶因為年邁加上得了風寒，以九十歲高齡辭世。

臨終前，老奶奶握住子平老師的手，子平老師細看老奶奶刻滿歲月痕跡的手，發現手背上的紋手圖案，中間的太陽圖紋內藏有二個字，左手是漢字「文」字，象徵的是正文爺爺；右手是漢字「嘉」字，代表的是瑪嘉奶奶。

看來佳玲與佳琳老師的瑪娜奶奶早就將自己視為瑪嘉奶奶，二體合一，代替她守護著古樓部落，至死不渝……

佳玲老師的老奶奶沒說一句話，慈藹地親手將佳玲老師的手交給子平老師，也將佳琳老師的手交給部落裡另一名熱愛運動的年輕才俊，接著就含笑九泉了。

老奶奶的喪禮雖然哀戚，全程卻充滿祝福，也預告了舊一代戀情的結束，新一代戀情的開始，為漢人與原住民的結合，延續了更美好的想像空間。

時空流動，轉眼成空，
如夢似幻，消逝無蹤。
或許這已經不是什麼祕密了……
或許這個祕密現在也不重要了……
就讓這件陳年往事，
化為古樓的風——隨風而逝，
化為大武山的雲——煙消雲散。
隨著東北季風的風勢呼號激揚，
隨著灰面鷲的雙翼振翅遠揚，
揚向那片未知的遠方，
細數著紅塵的點點滴滴……

少年文學32　PG1545

排灣族雙胞胎公主之謎

作者／廖文毅
責任編輯／林千惠
圖文排版／周妤靜
封面設計／王嵩賀
出版策劃／秀威少年
製作發行／秀威資訊科技股份有限公司
114 台北市內湖區瑞光路76巷65號1樓
電話：+886-2-2796-3638
傳真：+886-2-2796-1377
服務信箱：service@showwe.com.tw
http://www.showwe.com.tw

郵政劃撥／19563868
戶名：秀威資訊科技股份有限公司
展售門市／國家書店【松江門市】
104 台北市中山區松江路209號1樓
電話：+886-2-2518-0207
傳真：+886-2-2518-0778

網路訂購／秀威網路書店：http://www.bodbooks.com.tw
國家網路書店：http://www.govbooks.com.tw
法律顧問／毛國樑　律師

總經銷／聯寶國際文化事業有限公司
221新北市汐止區康寧街169巷27號8樓
電話：+886-2-2695-4083
傳真：+886-2-2695-4087

出版日期／2016年6月　BOD一版　**定價**／220元
ISBN／978-986-5731-54-0

秀威少年
SHOWWE YOUNG

國家圖書館出版品預行編目

排灣族雙胞胎公主之謎 / 廖文毅著. -- 一版. -- 臺北市 :
秀威少年, 2016.06
面； 公分
ISBN 978-986-5731-54-0(平裝)

863.859 105004817

讀者回函卡

請貼
郵票

11466
台北市內湖區瑞光路 76 巷 65 號 1 樓

秀威資訊科技股份有限公司 收

BOD 數位出版事業部

（請沿線對折寄回，謝謝！）

姓　　名：__________　年齡：______　性別：□女　□男

郵遞區號：□□□□□

地　　址：__________

聯絡電話：(日) __________ (夜) __________

E-mail：__________